晋 军 新 六 家
晋军新方阵·第六辑

玄 关

杨凤喜　著

山西出版传媒集团　北岳文艺出版社
BEIYUE LITERATURE & ART PUBLISHING HOUSE
·太原·

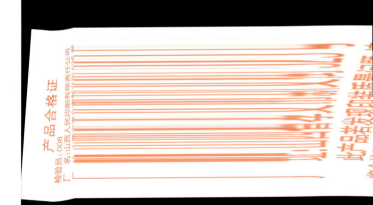

图书在版编目（CIP）数据

玄关 / 杨凤喜著 . —太原：北岳文艺出版社，
2019. 10

（晋军新方阵 . 第六辑：晋军新六家）

ISBN 978-7-5378-5992-9

Ⅰ . ①玄 … Ⅱ . ①杨 … Ⅲ . ①短篇小说 – 小说集 – 中
国 – 当代 Ⅳ . ① I247.7

中国版本图书馆 CIP 数据核字（2019）第 161320 号

书名：玄关

著者：杨凤喜

策划：王朝军　赵婷

责任编辑：高海霞

书籍设计：张永文

责任印制：巩璠

———

出版发行：山西出版传媒集团·北岳文艺出版社

地址：山西省太原市并州南路 57 号　邮编：030012

电话：0351-5628696（发行部）　0351-5628688（总编办）

传真：0351-5628680

网址：http://www.bywy.com　E－mail：bywycbs@163.com

经销商：新华书店

印刷装订：山西人民印刷有限责任公司

开本：787mm×1092mm　1/32

字数：140 千字　印张：8.75

版次：2019 年 10 月第 1 版　印次：2019 年 10 月山西第 1 次印刷

书号：ISBN　978-7-5378-5992-9

定价：52.00 元

探索与重建

——"晋军新六家"丛书序

杜学文

中国新文学已有百年的历程。百年间,中国文学发生了革命性变化,从传统迈向现代的步伐轰轰隆隆。尽管前行的道路充满曲折,但不容否定的是,中国文学伴随着中国社会的发展进步而发展进步。不仅涌现出大量的重要作家、重要作品,也从创作实践与理论研究两翼重建中国美学——在继承传统的基础上,吸纳人类审美有益成果,形成具有现实针对性的审美范式。

中国新文学的出现非一时之功。其肇始与中国追求变革、走向现代的历史潮流相应。但无可否认的是,新文学运动期间完成了中国文学由"旧"而"新"的转化。其变革动力，一是客观的社会要求——中国如何从文明的顶峰跌落之后，重回昔日辉煌；二是自身发展的要求——适应时代发展，对"旧文学"的批判、扬弃，以及对"新文学"的迫切呼唤。而最具影响力的是社会思潮中对科学与民主的追求，对人本主义的回归，以及先发国家文学资源的引进。这些催生了中国文学的革命性蜕变——新文学由此而生，进而开创了中国文学的崭新时代。

在20世纪之初的二三十年间，是中国文学引进、吸纳外来文学资源的重要时期。有很多在当时的中国人看来属于"新"的理论、观念、方法被译介，并转化成中国文学新的样式，初步奠定了中国新文学的基本审美形态与类型格局。从理论对创作现象的总结梳理来看，也取得了很多成果。但这一时期，中国新文学仍然处于初建与探索的阶段。其审美形态并未形成成熟的规范，还有很多问题需要从实践与理论等多个方面解决。比如，一个最为突出的问题就是，新文学虽然完成了新与旧的革命，但仍然没有完成其民族性的表达，以及被更广大的民众所接受的使命。这些问题的存在也实际上影响了新文学作品的艺术感染力与社会影响力。

尽管敏锐的人们已经从理论的层面提出了这些需要解决的问题，但中国新文学发生实质性的变化是借助于某种社会生活的机缘——抗日战争的爆发。面对民族的生死抉择，一个最迫切的社会问题就是如何唤醒广大民众，动员与组织民众投入到保家卫国的抗战之中。显然，那种不适应民众阅读习惯、表达晦涩曲折、强调人物内心世界的描写而忽略人物外在行为的表现方法与这样的社会需求有极大的距离。它们难以完成发动民众、激励民众，在瞬息万变的战争状态中鼓舞人们投入抗战的使命。作家们——特别是那些具有强烈的民族意识与使命感的人们，不仅纷纷来到抗敌前线，甚至直接投入战斗。他们在战火纷飞的前线创作，他们的作品总体上表现出简洁、明快、清晰、易懂的特点，具有强烈的理想情怀与战斗精神。也因此与民众的审美要求、社会心理一致起来。同时，他们更多地描写战争中普通人的命运——士兵、农民、城市平民与工人等等。这也使中国新文学关于"人"的意识发生了改变。人——千千万万、普普通通的你我他，成为文学的主人公。他们从不自觉到自觉，从无意识到有意识，从被动到主动，成为关系民族未来、国家命运的主角和主力。做一个不太准确的比喻，就是实现了从阿Q向小二黑的转变——不论在社会生活领域，还是个人生活领域。在这样的社会背景下，中国新文学完成了其民族化、大众化的使命。因而，也基本形成了比较完整、系统的审美形态。

新中国建立之后的中国文学，是这种审美范式的延续。一方面，她仍然保持了自身的开放性——对外来文学资源的吸纳，主要是苏联文学及东欧等弱小国家文学资源的吸纳。但是，这并不等于放弃了传统。事实是，传统文学中的表现手法仍然有很强很突出的表现。一些作品甚至直接借用传统章回体的形式。因而，从某种意义上讲，他们是文学传统与外来手法的统一体。另一方面，也仍然保持了至抗日战争时期形成的审美形态——理想信仰与个人命运的统一，社会进步与个人发展的统一，歌颂与批判的统一，普通人、劳动者在社会生活与文学作品中主体地位的确立，现实主义与浪漫主义的有机结合等等。但是，当一种范式成为一种程式之后，其局限性也逐渐表现出来。特别是经过一个僵化、简单化的审美阶段之后，这种局限表现得更为明显。随着改革开放的到来，整个社会的审美创造力被空前地激发出来。外来的哲学观念、创作思潮也次第而入。时代的变革为中国新文学的新变带来了历史的机遇。

几乎是在20世纪的一头一尾，中国文学先后经历了两次极为重要的剧烈变革。其中一个十分突出的现象就是对国外创作方法的借鉴与模仿。尽管从表现形式而言，这两个阶段有着突出的相似性，但二者仍然存在很大的不同。首先，从面临的任务而言，20世纪初主要是完成文学革命，而在新的世纪之交，主要是解放艺术创造力。其次，从创作实践来看，20世纪初乃是一种针对旧文学的初步的摹仿。而在新的世纪之交，则具备了更为明显的主动性、自觉性，是在新文学进行了大量的实践并基本形成其审美规范之后的再创造。再次，从其规模来看，前者不论是从译介的质量、数量诸方面看，都不能与后者相比。这固然得益于整个社会经济文化的快速发展，也与中国改革开放程度的扩大深化有关。总体来看，随着改革开放的不断推进，中国文学表现出争奇斗艳、各显其能的生动局面。文学创作的题材得到了前所未有的拓展，人物类型不断丰富，表现手法显现出向外与向内同时掘进的态势，文学作品的样式也空前丰富起来。如果仅仅从作品外在的形态与手法技巧等方面看，中国文学的现代性得到了极为充分的体现。

　　但是，文学并非仅仅是一种技巧。它还涉及对生活的认知、判断，以及其中所蕴含的价值观。最引人关注的是其对社会生活的表现，以及对人的塑造。毫无疑问，改革开放以来，仍然有大量的延续了中国文学传统，特别是抗日战争以来形成的审美传统的作品。但是，另一方面也出现了与外来文学，特别是先发国家文学表现主题相似的作品。这种现象的形成，从文学自身的变化来看，是对外来创作观念、方法的引进。从社会生活的变化来看，则是中国现代化进程的快速推进对人产生的影响。包括人在社会变革中的迷茫与不适应，社会结构的改变、利益的调整、人伦关系的重构等在人的外在物质世界与内在精神世界的作用。强大的现代化车轮滚滚向前，利益与欲望等物的诱惑日见显现。文学对这些生活中的变化进行了多样的表达。如果仅仅从多样化的角度来看，这当然是文学的一种进步。

然而，文学的现实是人们对这样的表达似乎并不满足。人们更希望文学关注自己生活中最迫切的问题，人们也更希望在现实的焦虑中寻找到存在的价值、前行的方向，希望文学能够拥有更多的读者。人们对那些晦涩的描写、缺少光亮的表达、只注重描写而忽略了叙述、不能表现生活质感与本质的文学不再激动，甚至冷漠。从文学自身的存在与发展而言，需要做出新的调整。事实上，许多作家也意识到了这种问题，重新回归传统与民间，以期从中汲取创作的营养。

　　中国文学在21世纪初，面临着真正步入现代化的挑战。这首先是中国现代化的进程步伐加快，对文学提出了新的时代要求。其次是中国新文学在经历了几乎是百年的实践之后，需要形成适应时代要求的成熟的审美范式。以民族优秀文化传统，特别是审美传统为根，在继承与创新的基础上，辩证科学地汲取世界文学的有益营养，面向当下中国现实，关注中国社会的发展与人的进步，创造能够为现实中国提供精神资源、价值引领、审美启迪的优秀作品与理论形态已经成为历史的必然要求。显然，我们的文学已经进行了多方面的努力，但我们还需要谨慎地判断——中国新文学在完成了其新与旧的革命，实现了民族化与大众化之后，正在向现代化迈进。

　　如果从这样的视角来看这套丛书，我们还是能够感到某种欣慰。收录在这套"晋军新六家"丛书中的作品，均由晋地相对年轻的新锐作家创作。在中国文坛，他们属于比较活跃且产生了积极影响的作家。当然，我在这里要特别强调，仅就晋地而言，也并不是只有他们显现出这样的积极姿态。除他们外，实际上还有相当一批人可以进入这个行列。我们将陆续向社会推介更多的晋地优秀青年作家及其作品。他们的创作，首先从一定程度上反映了中国文学的演进——希望能够形成具有现代意义的，富有现实针对性的，基于传统又呈现出开放性的审美范式。其次，我们也能够从这里感受到中国作家拥有的文学理想。他们并不是把自己的创作当作随意的尝试、把玩，而是希望通过自己的努力为中国文学贡献光热。对于他们而言，文学具有某种神圣感。他们对创作的严肃、尊重可圈可点。举一个极端的例子，其中有人认为自己的作品过不了自己这一关就宁愿好几年也不发表作品。这与那种浮躁的心态形成了鲜明的对比。其态度可见一斑。

这些作品表现了当下现实中国社会生活和人的精神生活的多种层面、多种状态，显现出文学极大的丰富性。现实感是这批作品最突出的特点。当然，他们可能不一定把更多的笔墨放在社会生活的重大事件上，但他们也并不回避这些。因而，在他们的作品当中，已经显现出如何把纷繁的社会生活，特别是具有重要影响的社会生活与人的日常生活，主要是最平凡、最普通的生活结合起来的努力。他们表现置身其中的人的迷茫、失落，物的挤压，欲望的诱惑，但总要在字里行间流露出源自生命的对生活的热爱、责任，并期望通过自己的描写为平凡的生活指出方向、出路。在他们的作品当中，人的价值并没有消解，而是从日常的细微之处冉冉而现，使我们能够看到希望、未来，给予我们生活的信心与力量。他们可能会汲取传统文化资源，如绵延至今的某种生活方式、价值追求，以及传统文学中的表现手法。但也毫不掩饰，他们对外来的文学资源也同样充满热情。这使他们的叙述不再是一种简单的情节交代，而是叙述本身就拥有了超越情节的意味与魅力。他们在叙述的同时，强化描写，在注重对人物外部存在描写的同时，深入人的内心世界，在具有真实意味的形象塑造中超越这种"意味"与"形象"。总而言之，在这些作品中，我们可以看到中国新文学在新的世纪，经过百年的实践探索之后，从创作层面重建中国审美的种种努力。对他们而言，这种努力也许是不自觉的。但就文学而言，却是极为重要的。也许，这种努力将被中国文学浩大前行的浪潮所淹没。但我们可以肯定的是，作为这浪潮中的水花，他们努力过，存在过，发过光，闪过亮。这已经是生活对他们的巨大回馈。他们还年轻，拥有无可估量的潜力与可能性。前路正辉煌。谁又敢武断地说，他们不可能成就为最具冲击力的滔天巨浪呢？

正因为有他们，以及千千万万为文学而努力的人们，中国文学才能不断进步，文脉永续，生长得枝繁叶茂并硕果累累。

2019年8月8日23时10分，

"二青会"开幕之际于劲松

2019年8月13日零时24分改于劲松

自　序

这两年事务繁杂，每至夜深人静，想到搁置已久的写作时多有愧疚和不安。

我曾经在一篇创作谈里这样讲过：希望写作能够成为相濡以沫的朋友，亲人可能离散，朋友可能反目，但写作却始终陪伴着，彼此抚慰，一路同行。

这也算一种承诺。当写作难以为继时，有如背信弃义般恐慌。夜晚躺下来，仿佛听到一个声音在暗色里轻声絮语，抱怨和责难。

我知道，这时候任何的辩解都苍白无力。这个声音有理由抱怨，因为写作待我不薄。写作不仅改变了我的人生轨迹，更让我有机会面对和检点自己的内心，让我体会到什么是爱，什么是孤独，什么是温暖和感伤，什么是尊严——写作的价值不正是可以体现一个人的尊严吗？

十八岁那年，在省电台举办的小说散文大奖赛中我有幸获得了优秀奖。那是一次难忘的经历，到现在我还记得躺在上层床铺上彻夜未眠的情景。我从学校到省城领奖，带着奖品回到家里后，母亲拎着那个红色的斜挎式背包四处炫耀。她打开那本比砖头还要厚的《现代散文辞典》让邻居看，仿佛密密麻麻的文字间记录的全都是儿子的光荣。

我的母亲已经去世多年，当我在写作上取得一点成绩时难免会想，如果母亲还在世的话多好，她会为她的儿子感到骄傲的。她没什么文化，一辈子含辛茹苦。在她眼里文学是多么高深，她的儿子能写出高深的文字，她也就有理由引以为荣了。

再往前追溯，我十二岁那年父亲便去世了。时至今日，我已经记不起父亲的模样。父亲留下来的几张照片都太年轻了，以至于我不情愿接受那个风华正茂的男人是我的父亲。但我一直记得父亲临终前几个月，请人来给他打棺材时的情景。父亲知道来日无多，抓紧给自己料理后事。买来的木材太过潮湿，为了不耽误时间，木匠便点燃锯末熏烤。我在烟雾缭绕的板材间蹦蹦跳跳，父亲终究生气了。

父亲说，这是在给你爹打棺材，你觉得很好玩吗？我还记着他愤懑而伤心的语气。棺材打好后他躺进去试了试，爬出来时十分吃力。后来我曾经想，不知道父亲躺在里边是否觉得舒展，即便不合心意，他恐怕什么都不会说了。他脾气不好，但他不可能再让木匠给他打一口棺材。

二十年后，当我决计用心写点文字时，我把这些情景写在了小说里。那篇小说名字叫《亮光》。当时我这样想，我把这些令人感伤的情景变成文字，或许它们就不会在脑海中浮现了。那时候我还不太理解，即便是痛苦的情景和往事，经历时间的过滤后也会给心灵带来滋养。这多么像写作对写作者的滋养，写作过程中所经历的那些挫败和焦虑，日久天长后终究会抚慰我们的内心，激励我们坦然向前，一步一步走下去。

再说这本集子，它所收录的小说是从我近几年发表的作品中挑选出来的。时间真是有些残酷，写这些小说时的情景历历在目，好几年又过去了。在这些篇什中，《屋顶的掌纹》《看社火》《我和玛丽的合影》《玄关》等小说呈现了我的乡村记忆。回头阅读这些小说，既感到亲切又让人感伤。这种感伤也许没有具体的指向，如同醉酒的状态想躲到一个安静的角落里哭一哭，却说不清为哪一件事或哪一个人而哭。我工作的小城距离生育我的村庄并不远，但父母亲去世以后回去的次数越来越少了。往往是在上坟祭祖的日子匆匆往返，仿佛老家就是用来祭奠的。但我知道，自己真心希望与曾经生活的乡村保持足够的亲近。甚至有一次，我在半睡半醒的状态冒出来这样一句话：村庄在，母亲就在。问题是为什么要回避，难道不情愿面对自己的母亲吗？

有一天我把问题想清楚了，或者有勇气这样想，终究是自己的心灵出现了问题。是心灵在世俗风尘中沾染了太多的污秽，是它被功利裹挟，本该柔软的质地变得如茧壳般坚硬。我不希望把这些带到村庄去，带到记忆的深处，如同一个犯了错并且极力掩饰的孩子惧怕母亲的目光。我清楚，一个作家不应该回避内心世界的隐秘，于是在写作中尽可能拉近与村庄的距离，希望自己能坦诚一些。我拆解自己的名字，命名了一个叫杨村的村庄，一个叫喜镇的小镇，一个叫凤城的小城。这是我曾经和正在生活的地方，只属于我的文学地理。当作品中的人物穿梭其间，我感觉踏实多了，仿佛游荡的灵魂找到了回家的路。

集子中所收录的另一类以小城镇为背景的小说，比如《门房》《佛珠的礼遇》《水果炸弹》等，其实同样没有脱离乡村背景。虽然在小说中并没有清晰地交待人物的成长经历，但我知道他们都来自于杨村，来自于喜镇。如果小说中的时间可以退回去，或者小说中的人物从页面中跳出来，他们也许会出现在杨村或者喜镇的某条街巷里，或者奔波在通往凤城的柏油路上。当暮色四合，他们的母亲或许正站在空荡荡的村街上翘首张望，他们的父亲则蹲在村口那株千年老槐下顽强地沉默着。是的，我在好多篇小说里写到过父亲。如果把村庄比作母亲，我更愿意把村外的那条河流比作父亲。曾经波涛汹涌的河道里已经看不到流水，我的父亲早已离开了。

回头阅读自己的作品，除了情感和情绪的波动外，它们在艺术上的粗陋也让我汗颜。我当然不会嫌弃它们，只希望一天一天写下去，一点一点进步。只希望下一篇能比前一篇写得更好，只希望在与写作相濡以沫的相处中变得越来越宽厚，越来越豁达，让内心多一份淡定和从容。

是为序。

目　录

看
社
火

凌晨四点，火车终于抵达了凤城车站。下车后我抖了一下，冷风里闻到了熟识的味道。小站的出站口与一家名为凤鸣阁的酒店毗邻，厨房里的油烟从排风口呼啦呼啦地吹出来了。下车的乘客也就十几个，急匆匆往前走，拉杆箱碾压路面的声音里可以分辨出厨房里吹奏的口哨声。年关将至，厨子们起这么早大抵还是快乐的，只是我的头有点晕。

出站口外边黑乎乎站着一排接站的人，等我验票的时候，他们大多已经和下车的亲朋接了头。我前面扛着编织袋的那个胖女人没有人接，一个敞着军大衣，剃着光头的出租车司机缠上了她，侧身跟着她走出老远。胖女人摆脱了光头，他便向我跑了过来。打车，打车吧，他叫嚷着，昏黄的光晕里吐着白气。凤城当地的土话真是有点拗口，偏偏他又是个哑嗓子，我犹豫着要不要拒绝他，总之我是要打一辆出租车的。这时却听到有人喊我的名字，扭头望去，一个同样敞着军大衣的汉子跑过来，只不过没有剃着光头。喜顺——他又喊，我认出来是初中同学郭照明。喜顺，郭照明说，都腊月二十九了你才回来呀！我笑了笑，郭照明从我手里夺下了提包，原来他也跑起了出租车。

郭照明的出租车走风漏气的，坐上去后他让我拽了两次车门。喜顺，你怎么是一个人回来，没有和梁爱艳相跟着？他发动着车子后又问我，我只好说，放假的时间不一样嘛。车子调头后噌一下蹿出去，我的后脑勺碰到了靠背的顶部，同时闻到汽油味和脑油味，我想吐。喜顺，郭照明又问我，听说你和梁爱艳快要结婚了？我愣了愣神，索性将后脑勺沉下去，这是哪儿跟哪儿呀？老同学，到时候一定提前通知我呀，郭照明说着，汽车不断提速，连红灯都挡不住。

喜镇距离凤城三十多里，不到二十分钟郭照明就把我送回来了。下车后我顺势蹲下来，呕了几声，吐出来一大

2

口酸水。这是北京的水，我大老远带回来，在家门前吐掉了。郭照明弯下腰帮我捶了两下背，直起身说，老同学，是不是我开得太快了？我摇头，他又说，在北京开车恐怕没这么痛快吧？我是怕你急着回家呢。我站起来，吐了一口酸水后感觉好多了，忙着掏钱，郭照明一把抓住了我的手。老同学你这是要打我的脸吗？郭照明说，正月里咱们聚一聚。说着他匆匆上了车，掉转车头，摁了下喇叭，车子蹭一下又蹿了出去。

我们家就在路边，顺着马路望出去，只有镇政府和卫生院的院门前亮着灯。卫生院院门两边的门柱上本来装的是圆鼓鼓的白炽灯，有一边黑瞎了，竹竿挑着一只普通的灯泡。这样一边的灯光是昏黄的，另一边却是冷飕飕的灰白，说不来哪边更亮。我打电话告诉父母亲腊月二十九回来，并没有讲具体的时间，正犹豫着要不要现在就敲门，院门吱呀一声开了。母亲站在一肩宽的门缝里，屋子里亮着灯，她像影子一样又瘦又小。我慌忙迎上去，母亲扯住了我的两只手。母亲说，我听到外边有响动，我儿真的回来了。母亲笑，我垂下了头，她使劲捏我的手指。

还没有进屋，我就听到了父亲的咳嗽声。父亲有哮喘的毛病，冬天咳得更厉害。夏天我回来了一次，带回一些药，不清楚他喝了没有。他向来对喝药都是不屑的。进了屋里父亲还在咳，他匆匆穿衣服，背心给穿反了。父亲喜欢光着身板睡觉，即便是寒冬。他的肋骨蠕动着，每一根都很逼真。再睡一会儿吧，我说，我想喊一声爹，一下子喊不出来。母亲说，天快亮了，让他起来吧，我儿到里间去睡。十年前，哥哥结婚前父母翻盖了屋子，三个大套间，他们老两口住着中间的一套。进了里间，母亲让我躺下来，她给我擦过了皮鞋，立在了墙角。母亲问我想吃什么，我说还不想吃，她就坐在床沿望着我。我儿都瘦成什么了，母亲说，她抬起手想摸摸我的脸，半中间缩回去了，突然间不好意思了似的。我儿先睡一觉吧，母亲又说。我闭上了眼睛，她又看了我一会儿才轻悄悄走了出去。

我根本睡不着。我盖着母亲的棉被，揪了揪被角，刚才那种眩晕反胃的感觉一点儿都没有了。我望着屋顶发呆，外间屋传来哧啦哧啦有节奏的刮蹭声。窗帘透出亮色，已经是腊月二十九了，父亲扯去了去年的春联，扯得不干净，他用湿布洇过门板，再用小刀把纸屑一点一点刮下来。太用力的话会刮去门漆，他总是很谨慎，每年都会刮得干干净净的，好像担心过去的日月留下什么后遗症。母亲压抑而又气愤的声音传了进来。母亲说你急风火燎的刮什么呀，我儿一晚上都没有睡觉，我儿累了一年了。父亲便不刮了，也不吭声，这种情况下他会蹲下来抽一支烟。打火机果然响了一声，母亲又说，别在屋里抽，我儿闻不惯烟味。父亲咳嗽起来，到院子里去了。父亲脾气好，就算母亲指着鼻子骂他他也不会发作。他总是耷拉着脑袋，连句玩笑都舍不得开。从小到大，我一次都没有见他开过玩笑，倒是经常把别人的玩笑当了真，演绎出另外一个更让人捧腹的玩笑来。我读高二那年的春天，镇上的林木匠给镇政府厨师的父亲打了一口棺材，厨师敲敲打打的认为质量有问题，不肯要了。林木匠站在大街上骂了半天，赌气和看热闹的人说，不要拉倒，就当给狗打的，我三百块钱就卖。父亲真就跑回家取来三百块钱，林木匠咬牙切齿地笑了。林木匠说，笑话，一副挡头都不止三百块，你老人家是成心给我添堵吗？那一年父亲五十六岁。父亲的咳嗽声停下来了，肯定又蹲在屋门前抽开烟了。

　　我躺了一个多小时后来到了院子里，母亲慌忙给我做饭。灶火上温着水，不多时她给我煮了满满一碗挂面，卧了两颗荷包蛋。母亲大约认为鸡蛋挂面是世界上最高级的食物，高考那年，每次回来她都给我吃这个。我也确实喜欢，浮在上边的葱花和香油散发着扑鼻的香味。但母亲守着我吃，食欲便减了大半。我不忍心停下来，母亲说，要不要再倒一点醋？我笑了笑，现在守着母亲，却感觉有点生疏了，不知道说什么好。快吃完的时候母亲问我，你怎么没有和爱艳相跟着，她前天下午就回来了。我又笑了笑说，放假的时间不一样，怎么相跟？母亲说，昨天爱艳和她妈来镇上买东西，我看见她了，又白又苗条。母亲垂下了头，好像有点难为情了，其实难为情的应该是我。

家里过年的架势已经有了，院子里收拾得整整齐齐，窗玻璃也擦过了，只是哥哥他们的屋子上了锁，只能把外边擦干净。好在拉着窗帘，里边有点脏污也看不大清楚。水桶农具什么的各归其位，枣树上一枚枯叶也看不见，早就被父亲清算干净了。家里养着十几只鸡，天冷以后暂且不肯下蛋了，有的还脱了毛，缩着身子跑来跑去的，看起来都不好意思随便拉屎。院门洞里立着一捆用红布条匝紧的干谷草，那是准备大年初一的凌晨点旺火用的。这是喜镇一带的风俗，或许是因为以前穷，便用谷草取代了炭火，总之是希望新的一年兴旺发达。前天母亲已经蒸了花馍，炸了油食，年糕昨天也做好了，一年又一年，父母亲都按小镇的传统准备着年节的仪俗，从来都不嫌烦琐。我问母亲还有什么需要买的，说完又有点后悔，镇上到处都是熟人，一旦出门就得打招呼，说什么好呢？母亲说，吃的喝的什么都有了，我儿歇歇吧，我儿累了一年了。父亲还在哧啦哧啦地刮着门上的碎纸，他的两个大拇指都开了裂，缠着胶布，我想替他刮，走过去后好长时间他都不看我。我便回到了屋里，感觉像个客人似的。

母亲却跟着我进屋了，还是那种难为情的样子，试探着问我，正月里到相立走走吧。母亲说的相立是梁爱艳她们村，距离喜镇也就十几里。我当然明白母亲的意思，我觉得应该和她讲清楚，否则误解会越来越深，但我真不知道说什么好。邻居吴婶是从相立嫁到喜镇的，梁爱艳是她娘家的邻居。去年回来过年的时候，吴婶糊里糊涂地居然要给我和梁爱艳牵线，她说你们两个年龄都不小了，都是大学生，又都在北京，再合适不过了。吴婶这么说，母亲喜出望外，荒唐的是梁爱艳的家人也没有反对，吴婶要我和梁爱艳见个面，我只好说，我们本来就熟悉嘛。吴婶说，你们两个是不是已经找开对象了呀？我笑了笑，事情一天天变得麻烦起来。母亲给我打电话时总会绕绕弯弯地问起我和梁爱艳进展怎么样，我实在是烦，说正谈着呢，你急什么？母亲便越发有所期待了。母亲见我不表态，又说，不管怎样你都应该去走走，爱艳的母亲秋天动了一次手术，都不敢告诉她，我买了牛奶和罐头到凤城一院替你看过了。我吃了一惊，不是因为梁爱艳母亲的病，而是因为母亲和梁爱艳家已经走动起来，难怪有一次母亲在电话里问我，爱艳换了一个手机号，喜顺你知道吗？现在我真觉得应该把事情讲清楚，但我真不知道说什么好。母亲说，你们是不是闹别扭了？都是大学生，就算闹点儿别扭有什么大不了的？

腊月二十九，我连院门都没有出。

腊月三十上午，日上三竿后我和父亲贴好了春联，灯笼也挂上了，还在枣树上挂了那种一闪一闪的串串灯。下午父亲又扫了一次院，我帮着母亲剁饺子馅的时候问她，哥哥一家子晚上回来吗？母亲沉下脸说，别和我提那个"气管炎"，要不是有浩儿，我连他这个儿都不想认了。这个话题不能再继续，我又不知道说什么好了。哥哥确实怕嫂子，他们一家人之所以搬到凤城，是因为嫂子和母亲闹翻了。嫂子想把父母亲分配给我的那个套间也据为己有，她的意思是，我都在北京工作了，给我这套房子又有什么用呢？母亲不同意，婆媳间的矛盾越来越深。哥哥在凤城找了一份送快递的工作，嫂子则在一条便民巷卖手擀面，其实这样也挺好，浩儿读小学了，在城里可以接受更好的教育。傍晚时分响起了零散的爆竹声，我躲到院子里想给哥哥打个电话，大年夜，他们无论如何该回来团聚的。但哥哥并没有接我的电话，正在落寞间，听到院门外电动车的声音，开门看时哥哥和浩儿果然回来了，却不见嫂子。

哥哥给父母亲带着水果和糕点，还带着两瓶汾酒。汾酒是"十年陈酿"，一般人家过年时候才舍得喝。父亲喜欢喝两杯，他只有抽烟和喝酒两个爱好。哥哥本来酒量不行，却猛劲儿喝，喝着喝着竟丢下酒杯号啕大哭。哥哥边哭边说，爹呀，妈呀，做儿子的管不住老婆，对不住你们二老了。哥哥边哭边说，爹呀，妈呀，只要你们现在说句话，我立马回去离婚，我把那个狗娘养的一刀捅了都没问题。哥哥跪下来给父母亲磕头，母亲揪住他的耳朵一把将他扯起来。母亲说，大过年的你哭什么，别人听见还以为我们死了呢。谁让你离婚了，你先把我一刀捅了再哭吧。我赶紧劝哥哥，喝了酒的父亲依旧一言不发，但他血红的眼睛湿润了。母亲的眼睛也亮晶晶的，浩儿也哭，我又搂住他劝慰，问他学习上的事，给了他五百块钱压岁钱。哥哥扒拉开我不许浩儿要，他肯定认为五百块太多了。我把钱塞到浩儿口袋里，哥哥又哭了。哥哥说，喜顺，喜顺呀，别说你去了北京，你就是跑到联合国也是哥一母同胞的兄弟。尽管哥哥说的是一句废话，我的眼窝还是热了起来。

吃过了团圆饺子，哥哥就要回凤城了。哥哥喝了那么多酒，我奇怪自己居然没有坚决地拦下他。他说没问题，他开的是电动车，就算大过年的遇到警察警察也不管电动车。他摇摇晃晃上了车，载着侄儿走了，好在并没有出什么事。

爆竹声一晚上都没有停过，大年初一凌晨四点，我到院门外点燃了旺火。我打了五次打火机谷草才燃起来，跳跃的火焰映出了我的影子。顺着马路望出去，好些人家都把旺火点起来了。突然间咚的一声，我由不得喊出来，我忘记谷草里藏着三根"二踢脚"了。火苗散开，父亲从院门洞里跑出来，怔怔地望着我。父亲问，崩着了没有？我摇了摇头，他叹口气说，你回去再睡一会儿吧。我往回走，想不清父亲为什么叹气。

吃过了早饭，左邻右舍便走动起来，尽管我没有出门，还是和前来拜年道贺的街坊们讲了不少话。村长居然也来了。村长说，凡是外边回来的，今天他都要照个面问候问候。他问我在北京干什么工作，一个月挣多少钱，能不能和农业农村部的领导扯上关系，当我是国务院办公厅主任呢。我含糊其词地应答着，说什么好呢？

吃过午饭，街上响起了锣鼓声和唢呐笙管的吹奏声。母亲说，今年镇上又要闹社火，本来镇政府说上边不让闹了，腊月二十三又说闹，正月十五还要到凤城会演呢。前些年，凤城每年都会举办规模盛大的社火节，喜镇有闹社火的传统，现在排练大约也不算晚吧。母亲让我出去看看热闹，我当然没有去。锣鼓声和唢呐笙管的吹奏声听起来比爆竹更让人烦乱，真有那种无处藏身的感觉。我躺在屋里发微信，院门外有人喊我，郭照明和另外两个初中同学来看我了。我把他们让进屋里，他们一根接一根地抽烟，那个叫王虎生的同学往地上吐了三次痰，还妄图用鞋底子擦干净。王虎生说读初一时候和我坐过同桌，我压根儿没有想起来。郭照明问我什么时候走，我说初十左右吧。王虎生说，那咱们就正月初八聚会，我已经联系了二十多个同学了。原来他们要搞同学聚会，他们三个都没有读过高中，大约还是珍惜初中同学的情谊的。我又含糊其词地应承着，他们要叫我去吃酒，好歹推辞过去。

正月初二，按照喜镇的习俗要祭祀先人。父亲说我们家族的族谱已经整理出来了，问我要不要去一位本家爷爷家看看。父亲还说，村里准备修村志，谁家出了什么人物都要白纸黑字写清楚的，能帮什么忙最好帮一帮。毕竟是男人，在不多的交谈中父亲和我讲的都是大事情。

正月初三，母亲又撺掇我到梁爱艳家走一走，带什么礼物她都想好了。我真是有点烦，马路上大清早就闹腾起来。偏偏吴婶也忙里偷闲跑了过来，她是社火活动的积极分子，在扭秧歌的队伍里扮演刘媒婆的重要角色。虽然现在只是排练，还没有化妆，但她已经穿上了戏服，还拎着一根足有一米长的大烟锅。吴婶说，喜顺你和爱艳姑娘本来就是天生的一对嘛。吴婶说，喜顺你就是太拘谨，男人就应该对自己狠一点，爱拼才会赢嘛。吴婶说，爱艳她妈虽然做过了手术，但得的是正经病，做梦都盼着闺女找个如意郎君呢，喜顺你还磨蹭什么？吴婶讲话语速非常快，如果她化过了妆，嘴角粘上黑痣，那肯定比刘媒婆还要刘媒婆。母亲不自在地望着我，也许是怕我烦，怕我生气。母亲说，喜顺你要暂且不想去爱艳家，那就请她来镇上看社火吧，你吴婶每天都在队伍里表演。我又笑了笑，只好笑，吴婶却从戏装里把手机掏出来了，眨眼间要通了梁爱艳家的电话。吴婶说，爱艳妈，我正批评你家女婿呢。没听清电话那边说什么，吴婶嘻嘻哈哈地笑起来。吴婶说，你女婿不好意思到你家拜年，想请爱艳来镇上看社火呢。我的牙根气得抖起来，真想一把将手机夺下来。吴婶分明是要考验我的勇气，又笑了两声后把手机冲我递过来，诡异地眨着眼说，喜顺你和爱艳姑娘亲自说吧。我吃了一惊，顾不上愤怒了，接过手机，老长时间才喂了一声。电话那边也喂了一声，我的脸烫起来，马蜂蜇了般滋滋地膨胀。吴婶扯着母亲偷笑，我不知道说什么好。忙呢？梁爱艳问我，我嗯了一声。我听到母亲在紧张地喘。吴婶挥了一下大烟锅，捏着嗓子说，喜顺你请爱艳来镇上看社火呀！天知道怎么回事，我居然听从了吴婶的指挥。我结结巴巴地说，有空来镇上看社火吧。梁爱艳说，好啊，有空去看社火。她居然应承下来，我难免又要吃惊了。

　　挂断电话，我才发现出了一头汗。母亲送吴婶出去，我发起了呆，感觉像做着白日梦似的。电话里，梁爱艳的声音异常陌生，我好像从来没有听过，甚至怀疑电话那端根本就不是梁爱艳。突然间醒悟过来，之所以产生这种感觉是因为我们两个讲的都是老家的方言，我的声音之于她同样是陌生的。腊月，我和梁爱艳是通过一次电话的，问她什么时候回家，我们毕竟是正儿八经的老乡嘛。在北京，梁爱艳叫梁艳，她说梁艳这名字其实也俗，但比较起来梁爱艳更是土得掉渣。她讲普通话，我也讲普通话，好像只有讲普通话才对得起北京。或者，在北京不讲普通话就不会讲话了似的。除了寒冬腊月的一声问候，一年里我和她还联络过两次，北京真的是太大了。一次是在热得要命的夏天，她给我打电话，笑呵呵地问我，喜顺哥，手头有没有捏着什么好机会呀？我说没有，我们随便聊了聊，挂断了电话。另外一次是深秋，下着细雨，她约我吃了一顿饭。我们还喝了一点酒，她哭了，并没有说明哭的理由。她说，她用普通话说，她咬牙切齿地说，北京他娘的有什么好，老娘想回家。饭后我把她送回住处，搂着她的肩走了老远的路。我连她的手都没有碰过。

正月初四，两拨亲戚来拜年，我在家里有点待不住了。出了家门，我没有在马路上停留，向野外走去。整个冬天都没有下一场雪，田野里一派死气沉沉的景象。好些庄稼地里，干枯的玉米秆还僵立着，或者被野狗冲撞得横七竖八。秋天，人们只是将玉米穗子揪下来，可以喂养牲畜的玉米秆子已经无所谓了，它们等待着春天里的一把火。树好像又少了，看不到丝毫的绿意，孤零零地衰老在旷野中。我熟悉的一株老柳树还在，小的时候，我曾用镰刀在树干上记录过自己的身高，那时候做梦都盼望着长身体。喜鹊在这棵老柳上筑了五个窝，尽管是五个，没有绿叶的遮蔽看起来也是孤单的。成群的喜鹊落下来，听不到叫声，它们跳来跳去地觅食，更像是无声地乞讨。河道挖得乱七八糟，沙子恐怕快采完了，走近时才看到两个大坑里铺着锅巴一样浅浅的冰，是那种枯干、蜷缩的形状。我拣了块石子扔下去，弹起来木木的声音，很快就消失了。

正月初五，按喜镇的风俗是不出门的，大清早就要扫"穷土"。母亲清扫屋子，父亲则去扫院，许多年来这一天他们都是这样分工。"穷土"聚到院中，小小的一堆，父亲把一根"二踢脚"插在上边。母亲说，喜顺你去点吧，把"穷土"鞭走。去年和前年，再往前，母亲也是这么说的。"穷土"被炸开，家里便有钱了，真金白银就来了。我躬身点燃了"二踢脚"，咚的一声，面前腾起一片尘雾。

马路上的锣鼓声和唢呐笙管的吹奏声越发嘹亮了，不光如此，喊号子的声音，哄笑声也不断传来，小镇的年节终究是喜庆的。父亲出去看热闹，母亲也去看。母亲跑回来说，喜顺你也去看看吧，不光是扭秧歌，还有背棍，旱船，挺热闹的。我没有去，母亲又出去了，毕竟只有正月才能看得上社火。我躺在床上用手机上网，看起来人们都在兴高采烈地过年，本地新闻说今年凤城的鲜花卖得特别火。临近中午，院子里响起杂沓的脚步声和母亲高调的聊笑声，我爬起来往外看，真的是倒吸了一口凉气，母亲和吴婶正往屋里走，吴婶的后边是一个和她们年龄相仿的瘦高个子女人，再后边，那不分明就是梁爱艳嘛，她真的来我家了。

一干人进了屋，我手忙脚乱，还趿拉着一只皮鞋。那个瘦高个女人当然是梁爱艳的母亲，她瞟了我一眼和母亲说，真是不该来，大年初五的怎么能在你家吃饭呢？没等母亲开口吴婶就说，管他初几呢，现在新事新办，既然来喜镇看社火，还能让你们娘俩饿着肚子回去呀？梁爱艳的母亲笑了笑，冲梁爱艳说，艳儿你出去买点水果吧。梁爱艳要往外走，母亲一把将她拉住了，老长时间才松开。梁爱艳穿着黑毛衣，牛仔裤，秋天我和她一起吃饭时她就是这身打扮，只是套在外边的风衣换成了小棉袄。也许是因为她没有化妆，看起来竟有点陌生了。她也瞟了我一眼，似乎想笑，脸上泛起红晕。

吃过午饭，吴婶拉着我母亲和梁爱艳的母亲出去了，下午的排练是要化妆的，吴婶实实在在要变成刘媒婆了。父亲也出去了，这当然是蓄意的安排，走的是民间相亲的路数。屋里只剩下我和梁爱艳两个人，我说不来是比吃饭时候更紧张还是更放松。我说，没有吃饱吧。梁爱艳说，减肥呢。我说，你本来也不胖。梁爱艳说，回了家不吃也不行，起码胖了有三斤吧。我垂下了头，又不知道说什么好了。抬头的一瞬，她也正看我，我们几乎同时笑了出来，好像一下子就放松了。梁爱艳说，没有想到我会来你家吧？我说，来就来呗，我们家再穷也能管得起一顿饭。梁爱艳说，我是陪着我妈来镇上看社火，是你妈和吴婶非要把我们叫到你家。我笑了笑说，听起来像推卸责任呢。梁爱艳说，不是这样，其实我也喜欢看社火，我还上过背棍呢。梁爱艳说五岁那年她确实上过背棍，她被绑在一根焊着横梁的铁杆上，铁杆绑在父亲后背上，她穿着戏服甩着长袖，那是她最早的人生记忆，那种高高在上的飘逸的感觉美极了。梁爱艳还说，也就是五岁，再大点恐怕没那个胆子了，每次上背棍前父亲都提醒她上厕所，上了铁棍后决不能小便的，小便到父亲脖子上无所谓，关键是把戏服尿湿看热闹的人会笑话。所以表演前她不能喝水，只是吃鸡蛋，鸡蛋多好呀，有一次她一口气吃了五颗鸡蛋，天知道是怎么吃下去的。

　　谈论着社火，气氛感觉好多了，我本来想开开玩笑什么的，但梁爱艳好像沉进去了，说话的时候看都不看我。她比我小三岁，过完年都二十八了。

　　聊过社火，好像我们没什么聊的了。好在有手机，我给她发了几条觉得有意思的段子，她也给我发了几条。拇指在手机屏幕上滑动着，我干脆通过微信和她聊天，这样好像更自然。我问，回家过年的感觉怎么样？她说，呵呵。我问，什么时候走？她答，初八吧。然后她又说，其实现在就想走，不走恐怕要烦死了。我说，同感。她问，你说我们算乡下人吗？我回过去一个哈哈大笑的表情。她又问，你说我们算北京人吗？我又回过去一个哈哈大笑的表情。她说，守着爹娘，感觉却像是无家可归的人。我说，这样讲好像太诗意了。

我和梁爱艳差不多聊了一个半小时。从屋里出来，院门紧闭，梁爱艳努努嘴说，老人家们说不定以为我们在屋里干坏事呢。她笑了笑，这时候倒是开起了玩笑。拉开院门后我吃了一惊，街上闹社火的队伍摆起了长龙，看热闹的人可真多。一扭头，我看到父亲蹲在院门旁的墙根下，像一头沉默的石狮子。父亲站起来后咳嗽了起来。父亲说，啊，啊，你们出来了。

正月初六，已经有了那种度日如年的感觉。捱到初七晚上，吃饭的时候我和父母亲说，明天我得走了。母亲吃惊地望着我，忘记了把嘴里的食物咽下去。母亲说，不是说初十走吗？我说，公司有急事，必须走。母亲放下筷子说，再急还不让过年了？我说，梁爱艳明天也走。母亲说，啊，那就走吧，反正迟早也得走。父亲说，挣着人家的钱就得听人家的话。母亲没有再吃饭，她洗了两个罐头瓶子，要给我带萝卜干咸菜。她还炒了一包葵花子。她还蒸了些枣，那些枣是院子里的枣树结的，初五那天梁爱艳吃了三颗，或者四颗吧。

正月初八的早晨，梁爱艳的哥哥开着面包车送她到凤城火车站，我搭的是顺风车。乡下人开车好像都这么猛，我上了车，摇下车窗刚和母亲摆了一下手，车子便跑开了。我再没有回头，梁爱艳冲我笑了笑。梁爱艳的哥哥也是个沉默寡言的汉子，面包车哗哩哗啦往前开，三个人谁都不吭声，闻到汽油味后我又开始头晕了。快到凤城时，一辆出租车从后边追了上来，一个急刹车斜在了前面，面包车差点儿撞上去。我和梁爱艳都趴在了前排座椅上，梁爱艳的哥哥一边下车一边叫骂着，我回过神来赶紧下车，出租车里下来的原来是郭照明和王虎生。郭照明和王虎生都没有搭理梁爱艳的哥哥，我刚要开口，郭照明指着我的鼻子说，马喜顺，你牛逼什么？他说话的时候王虎生吐了一口痰，没等我回应，两个人转身上了出租车，倒两把掉了头，嗡地一下又蹿出去了。

面包车重新启动，梁爱艳问我，到底怎么回事呀，那两个家伙和你说什么了？我笑了笑说，他们请我参加初中同学的聚会。梁爱艳的哥哥说，他们问你牛逼什么？我再没有吭声。

梁爱艳的哥哥把我们送到火车站后匆匆走了，他在凤城修理电动车，正月初八要开张了。我帮梁爱艳拎着包，往进站口走，乘车的人还不算多吧。走着走着，梁爱艳问我，你订好票了？我笑了笑说，还没有，订不上。梁爱艳说，那你急着进站干什么？我说，你不是九点半的那趟车吗？梁爱艳说，是中午一点。我疑惑地望着她，她也笑了笑，也就没什么疑惑了。这时她手机响了，接起来后说，凌晨六点到……想接你就接呗……什么惊喜呀……我正忙着呢……她接电话的时候我咽了两口唾沫，我承认有点不舒服。还早着呢，她收起手机说，似有点抱歉。是还早呢，我说。这几个小时怎么打发呀？她说。要不去看社火吧，我说，距离火车站不远的一个小广场上，一群女人也在闹社火，扭秧歌，跑旱船，可惜没有背棍。她往那边瞅了瞅，笑了，笑起来根本不算难看嘛。打完电话后她顺势讲起了普通话，我也讲的是普通话。

我们并没有去看社火，梁爱艳说，那个有什么好看的？

火车站附近有一家咖啡馆,我们过去后才知道还没有开门。天灰突突的,冷飕飕的,是那种干冷干冷的感觉,看起来雾霾并不比北京少。要不,开个钟点房吧,我说,我用普通话说。现在才想到,你一点儿都不懂得关心人耶,她说,她用普通话说。我们便到那家叫凤鸣阁的酒店开了间钟点房。一个标间,她默许了,或许是懒得掏她的身份证。钟点房在五楼,还算干净整洁,窗外就是火车站的站台,一列客车呼啸而过,整座楼都抖动起来。勉强休息休息吧,我说。我热了一壶水,不多时水壶叫起来,又一辆列车驶来了。她不吭声,坐在床上玩手机。喝杯热水暖暖身子吧,我说。我从她双肩包侧面的网兜里取她的杯子,扭过身来后她正一动不动地望着我。把窗帘拉上吧,她说。去呀,你这人真虚伪,她说。过来,抱抱我,你不是想让我暖暖身子吗?她说。咱们可是正儿八经的老乡,你说你装腔作势的客气什么呀,她说,她的眼里突然间涌出了泪。我上前抱住了她,越抱越紧。后来我吻她,吻着吻着我的眼里也涌出了泪。

那你什么时候走呀?后来她问我,我搂着她躺在床上。

订到票就走,我说。

那你订到票以前干什么?

睡觉呗。

睡觉可以，不准和别人睡。她笑了笑。

那我就去看社火。我也笑了笑。

别说了，让我在你怀里安安静静躺一会儿吧，亲不亲故乡人，躺在你怀里还是挺暖和的。

她闭上了眼睛，又一列火车驶过来了。

我和玛丽的合影

母亲从来没有说过我还有一个当采购员的表舅。春天的一个傍晚，表舅千里迢迢来到了我们家。表舅是出差途中绕道来看我们，晚上父母亲把他安顿到我睡觉的屋子里，嘀嘀咕咕商量着接待工作。第二天，我吃到了过年以来最丰盛的午餐。

表舅带着一台照相机。吃过午饭后，他让我们站到屋檐下，咔嚓咔嚓地照。院子里的桃花开得正艳，他又让我们站在桃树下照。母亲不会笑，皱着眉头难看死了。表舅想和我们合个影，邻居们谁都不敢碰相机，我爹就让我把退伍兵王万年喊来了。王万年给我们照完了相，和表舅聊了起来，不知怎么就聊到了晋祠。表舅说，既然晋祠这么好，我为什么不去看看呢？表舅抹了一下大背头，事情就这么决定了。

按王万年的说法，去晋祠并不费事，先从我们杨湾骑自行车到凤城，把自行车存起来，坐班车就可以直达。晋祠不算大，半天时间足可以转完，晚上还可以赶回来。尽管如此，父母亲又犯难了，总不能让客人一个人去吧，我们家就一辆自行车，如果父亲陪着去，还得去借。这是次要的，关键是对此行的花销心里没底。后来他们干脆豁出去了，连夜数起了钱。

天色刚刚放亮我们就起床了，母亲忙着做饭，父亲正要去王万年家借自行车，表舅把他喊住了。表舅说，妹夫你就不用陪我去了，今天不是礼拜天吗，你要放心的话让我带着石头去晋祠玩一玩。父亲当下就傻眼了，这有什么不放心的？母亲也听到了表舅的话，拿出来昨晚准备好的钱，硬要往表舅口袋里塞。表舅一把将母亲的胳膊扒拉开了。妹子你干什么，是要寒碜我吗？表舅声音高亢，动作果断，笔直地站立着，让我有生以来第一次见识了男人的伟岸。相形之下，父亲弯腰驼背的样子分明有点猥琐了。也许当时我顾不上想这些，表舅要带我到晋祠玩，如同天上掉下来一个馅饼，一下子把我砸晕了。

这是我第一次出远门。当天晚上八点半，我和表舅就回来了。我们杨湾离凤城三十多里，归途的后半段，是我骑着自行车拖着表舅。我一点儿都没有感到累，像是在闪烁的星光下划着一叶幸福的小舟。父母亲比我还兴奋，表舅休息以后他们问我晋祠到底有什么，我反倒沉着了。你们说有什么？有难老泉，有参天大树，有假山，还有四个大铁人……我不是在搪塞他们，我才十二岁，走马观花，还能说什么呢？他们继续啰嗦，我有点烦，不想再接茬。想到表舅明天就要走，难免有些伤感了。

说不来为什么，有一件重要的事情我并没有和父母亲讲。表舅和我到达晋祠后，还没有到公园门口买票，我们就遇到了三个外国人，他们在一棵古老的柏树前拍照。我由不得收住了步子，甚至想躲到一棵粗壮的松树后边。表舅说，石头你怕什么，你还没有见过外国人吧？我慌乱地点头，然后又摇头，说在电视里见过。表舅摸着我的后脑勺笑了。石头你不是学英语了吗，过去和他们打个招呼。表舅推了我一把，我撞了墙一样使劲缩回来。那三个外国人该是一家三口，男人身材高大，女人金发碧眼，那个小姑娘和我个子差不多，金黄的头发披散着，摆着手势朝我们这边笑。表舅真是见过世面的人，他居然摇着手冲外国人喊，Good morning！他真是太伟大了。小姑娘看了看她的妈妈，她的妈妈也 Good morning，我听出来了。然后她冲我们招手，表舅丢下我跑过去，直到他接过那个外国男人的照相机我才明白他要帮他们合影。表舅返回来后说，外国人的相机真他娘高级，我都不好意思拿自己的机子拍照了。话虽这么说，表舅还是把我拉到了外国人跟前，用他的相机给我和那个小姑娘合了影。小姑娘吱哇乱叫，我耷拉着脑袋气都喘不匀了。表舅说，石头你把头抬起来呀，笑一笑，你快笑呀！我肯定比我妈还笑得别扭，小姑娘挽住了我的胳膊，微风吹来，她的金发拂到我脸上，我浑身都麻酥酥的，就是那种触电的感觉吧。不光是表舅照，那个外国男人也在咔嚓咔嚓地照，我僵硬地站立着，好歹坚持了下来。Goodbye！分手的时候表舅说，小姑娘一直在冲我笑，笑出一片金色的海。石头，表舅指着他们的背影说，我感觉他们是美国鬼子，不是英国人，这次来晋祠你算是不虚此行了！

有过那次照相的经历后我才体会到什么是心旌荡漾。表舅走了，我连着几天都睡不着，闭上眼睛后看到的总是一片金色的海。睁开眼睛，那个美国小姑娘又在吱哇乱叫。可惜除了一声 Bye-bye，我一句都听不懂，不清楚我这英语是怎么学的。表舅讲述我们游览晋祠的经历时告诉父母亲，他还给我和一个外国小姑娘合了影呢。父母亲都有些惊愕，然后笑了，他们也许以为表舅是在开玩笑吧。也只有表舅这样拥有采购员身份的人才会开这种国际玩笑。表舅一走，他们像完成了一件功德圆满的大事情，忙着干农活去了。生活又恢复了惯常的样子，我每天骑着自行车到喜镇上学，表舅说等他洗好照片后会给我们寄过来。

我们村的金宝和二狗和我一个班，我去晋祠的事经由他们在班里传开了，说实话我并不介意他们多嘴。我们班总共五十二个同学，除了我，原来谁都没有去过晋祠。许大胜的父亲是喜镇镇政府的干部，连他都没有去过。一群人围着我问这问那，我都有点厌倦了。我说晋祠也不算远，你们自己去看看不就知道了？但我不能用厌倦的态度面对我们的班主任董桂香。董老师说，既然你去了晋祠，这次写作文就写写吧。作文题目是"记一件有意义的事"，她大约认为我的晋祠之行很有意义。我的作文本来不错，还是语文科代表，但这一次遇到了麻烦。我把假山、铁人、难老泉、参天大树、古代建筑都写完了，一共才写了三百多字，显然没办法交差。晚上我又写第二稿，夜已经深了，面前又泛起金色的海，情不自禁地写到了与那个外国小姑娘合影，一口气写了一千五百字。第二天上午交了作文本，课间操时董老师把我喊到了办公室。董老师像我母亲照相时候一样皱着眉头，但她没有笑。不光是她，另外三个老师也都不动神色地望着我。董老师问我，你真的和一个美国女孩合影了？我点了点头，随即垂下。这个，董老师说，你觉得有意义吗？我没有敢吭声，董老师拎着我的作文本站了起来，我看到了本子上画着一个锄头一样威武的问号。文笔倒是流畅，关键是中心思想，你究竟想表达什么呢？上课铃声响起，董老师挥了挥手，把我赶回了教室。我也没有搞清楚她究竟想表达什么。我觉得我犯错误了，表舅当然是教唆犯。

连着几天我都魂不守舍，担心董老师将我的作文作为反面教材在课堂上宣读，甚至会批评我，处分我。好在没有，过了一个礼拜后我踏实多了。想不到的是同学们知道了我作文的内容，一群人又围着我问，石头，你真的和美国女孩合影了？你还和她用英语对话？他们不停地问，我先还闪烁其词，实在是烦了，厌倦了，干脆豁了出去。我说我就是和美国女孩合影了，对话了，有本事你们也去照一张，对一次。许大胜说，你吹牛，人家凭什么和你合影？

我说，她就愿意和我合。许大胜说，那个美国女孩叫什么名字你知道吗？我说，她叫玛丽，Mary，Mary 你懂不懂？许大胜说，那你把照片拿出来让我们看看，见了照片我们才相信。然后大家嚷嚷着要看照片，我气愤地冲出了包围圈。许大胜冲我喊，我看你就是在编瞎话，去了趟晋祠教室里放不下你了！然后他一脚把我的凳子踹倒了。

许大胜这一脚还踹丢了他的英语科代表。学校政教处主任刚好在窗外看到他发飙，闯进教室表示要严惩。想不到的是，许大胜被撤销英语科代表后继任者居然是我。我没道理担负两个科代表的重任，过了十几天，许大胜把语文科代表接手了，我们两个完成了一次奇怪的对调。更没有想到的是，因为我的这篇作文，我们的英语老师李美超和语文老师董桂香还代表两个派别发生过激烈的争辩。这当然是李老师后来才告诉我的。

李老师去年刚从凤城师专艺术系毕业，她打扮时髦，头发有点黄，是自然卷，大眼睛水灵灵的会说话。她多么漂亮，对我多么好呀，我发誓要把英语学好。夜晚躺下来，我难免会把李老师和那个与我合影的美国女孩联系到一起。那个美国女孩也许真的就叫玛丽，玛丽长大后也会像李老师一样漂亮。李老师住在学校的单身宿舍，我去送作业本，她总会和我聊一聊，难免聊到我的晋祠之行。石头，你还记得 Mary 的发音吗？她说，美国英语和英国英语不一样的。我点头又摇头。全校就李老师有一台枕头大的录音机，一男一女正用英语对话呢。石头，我觉得这次经历对你很重要，你一定要学好英语，你将来说不定还要出国呢！我的脸都要像阳光下的沥青一样化掉了，李老师的脸就是太阳。李老师屋里有一种很好闻的香味，仿佛是从录音机里播放出来的。她还在床头贴了一张世界地图。石头，玛丽长得漂亮吗，她妈妈呢？等你收到照片后拿来给老师看看！李老师撩了一下长发，我恍惚又看到一片金色的海，看到茫茫宇宙间一个蔚蓝的星球。

不光是李老师，许大胜他们一直在等着看我和玛丽的合影。可表舅已经走了整整一个月了，照片还是没有寄来。我问过母亲几次，猜猜她说什么？她说不寄就算了，照片也不能当咸菜吃。父亲倒还开通，他确定表舅给我和一个美国女孩合影后，流露出一种不可理解的兴奋甚至调皮来。父亲说，外国的月亮比中国的圆，外国的小朋友会不会比中国的漂亮？天哪，用现在的话说，他这不是让我和玛丽 PK 吗，扯哪儿了？他还偷偷摸摸告诉我，他小时候跟着爷爷去东北贩过药材，他还见过牛高马大的俄罗斯女人呢。

他八成是在吹牛。又过了一个礼拜，他和我说，你表舅不是留下地址了吗，要不你写封信催催他，让他赶紧把照片寄过来！

我就给表舅写了一封信。我告诉表舅，我每天都在努力学习，尤其是英语进步很大。然后我婉转地说，我们的英语老师想看看我和美国女孩的合影，请他快点寄过来。最后定稿虽然只有一页纸，我却一直写到了后半夜，如果母亲知道我不是在预习功课，一准会心疼电费的。我从镇上把信寄出去，父亲冲我挤眉弄眼，不知不觉间他奇怪地和我结成了同盟。然后便又开始等待。镇上邮电所的人说，这封信需要在路上走十几天呢，中国真是太落后了。就在我把信寄出去的第二天，表舅的信件却神奇地寄过来了。邮递员总是把我们村的信件放到卫生所，中午放学后我和二狗、金宝骑着自行车还没有到卫生所门口，就见三个女人正在抢夺着什么，其中就有刚打完青霉素的二狗妈。二狗妈看到我，把已经拆开的信件举起来喊，石头，快来看你的照片呀！我跳下自行车飞奔过去，一把夺下了信件，把另外两个女人手里的照片也夺下来。私拆别人的信件是要蹲大牢的！我咬牙切齿地说，她们只是笑。二狗和金宝也要看我的照片，我推开他们，骑着自行车飞快地回家了。

表舅寄过来十六张黑白照，包括我们一家三口在院子里的合影，包括我在晋祠和假山的合影，和面容狰狞的铁人的合影，偏偏没有我和玛丽的合影。我以为我和玛丽的合影被二狗妈或别的女人偷走了，看过表舅附带的信才知道并非如此。表舅是这样解释的：刚刚用过外国人的相机，难道我不会照相了？难道我的相机在面对美国佬的时候出现了故障？我明明按下了快门，按了三次，可洗照片的时候并没有石头和美国女孩的合影。百思不得其解，我无论如何想不通……父亲识字不多，但他从我的神情里感受到某一种不祥。父亲从我手里夺过表舅的信，瞪着眼问我，石头，你表舅说什么，他把美国女孩搞到哪儿去了？

　　下午我去上学，同学们自然会要求看照片。石头，你和玛丽的合影呢，快拿出来让我们看看呀！他们围拢着我，二狗和金宝说他们俩已经看过了，玛丽长着牛角一样的鼻子，脖子比长颈鹿的还要长，大家的兴致更浓了。许大胜本来不好意思面对我，见我遮遮掩掩，垂头丧气，劲头又来了，扒拉开众人说，石头你就是在吹牛，你和玛丽的合影呢，拿出来让我们看呀！其他人也起哄，我实在是烦了，厌倦了。我说你才吹牛呢，我当然会让你们看到我和玛丽的合影，但我现在还不想让你们看！

就这样我给自己出了一道难题。这道题对我来说根本就无解。我甚至不想去上学了，不想面对无休止的追问，不想面对李老师的笑脸和她的录音机。我甚至怀疑表舅是在故意作弄我，面对美国人，他的照相机怎么就失灵了？我魂不守舍的样子让母亲误以为生了病，她的询问让我越发烦躁。父亲却替我把事情想清楚了。晚上父亲跑到我屋里说，石头，金宝说你们班的同学都说你在吹牛，骗人，但我们从来都不骗人，我们做人是有原则的。父亲说，石头，要不我去一趟学校，把事情给他们讲清楚？我呼的一声从床上坐起来，气愤地说，你就别给我添乱了，你给我出去！父亲却不出去。父亲说，石头，要不你给你表舅拍一份电报吧，让他把照相机好好检查检查，说不定还能把你和美国女孩的照片找出来。父亲的话让我哭笑不得，他懂什么呀！父亲接着说，其实爹还有个好办法，你看看这个！父亲变戏法般从裤兜里摸出一张照片，我瞅了一眼愣住了。表舅在晋祠的金人台前给我照过一张相，我的身后是两个狰狞的铁人，因为距离的关系，其中一个铁人看起来和我个头差不多，父亲用墨汁把它涂掉了。昏暗的灯光下，黑汁后边铁人的形状隐约可见，他究竟要干什么呢？父亲说，你告诉大家，这个涂黑的铁人就是美国人，美国女孩，你妈是个老封建，怕你和外国人合影丢了魂，把它涂掉了，你也可以说是爹给你涂掉的，爹也是个老封建……父亲还没有说完，我一把将照片夺下来撕成了碎片。

父亲真的是豁出去了。他下决心要帮我解决难题。礼拜天的早晨，母亲去割豆腐的工夫，他带着我溜出了家门。来到村街上后，他拼命地蹬着自行车，生怕母亲追上来。我跳到后座上时仿佛还在做梦。瘦弱的父亲，弯腰驼背的父亲，他居然也要带着我去一趟晋祠。我在激动之余体会着一种荒诞，这种荒诞在晨雾中渐渐消散了。我搂着父亲的腰，摸到了他的肋骨，父子二人在一路颠簸中开始了一次刻骨铭心的晋祠之旅。

到达晋祠后，我们先在上次我和美国女孩合影的地方逗留了半个小时，一个外国人都没有看到。后来我们来到了公园门口，父亲有点累了，蹲到了墙根下。又过了一个多小时，只看到一个白皮肤的外国男人。这个外国男人也是身材高大，春寒料峭，他已经穿上了短袖，父亲望着他的背影叹了一声气。大约是在下午两点半，十几个外国人突然间出现在我们的视线里，他们多半是黑人，果真带着个黑头发黑皮肤的小女孩。父亲激动坏了，站起来拉着我往过跑。很快他又拉着我返回来，去喊坐在凉棚下嗑瓜子的那个照相的胖女人。胖女人大约四十多岁，宽盘大脸，嘴角长着颗黑痣。也许正是这颗黑痣蒙蔽了父亲，因为母亲的嘴角也长着颗黑痣的，父亲认定她是一个心地善良的女人。父亲说，妹子，快，给我家石头和那个外国小姑娘合个影。父亲语调急促，甚至动了手，扯住了中年女人的袖口，中年女人一把将父亲甩开了。你干什么？她说，她把瓜子皮吐到了父亲衣服上。父亲说，刚才不是说好了吗，我们给钱的。给钱也不能乱照，女人不屑地说，开什么玩笑呢！不是开玩笑，父亲赶紧解释，我们有急用，我们给钱的……说着父亲把裤子解开了，担心骑自行车的时候把钱挤丢了，他把钱放在了内裤的口袋里，用别针封了口。他唐突的行为让中年女人发出了一声骇人的尖叫，旁边卖雪糕和卖凉粉的两个男人站了起来，父亲几乎被他们当成流氓了。父亲终于掏出了钱，一只手拎着裤子，一只手高高把钱举起来。父亲喊，我不是那个意思，大姐你快给我们家石头合一张影呀！父亲狼狈极了，我想上前帮他把裤带系好，那伙外国人已经走过来，小姑娘蹦蹦跳跳走在最前面。他们奇怪地望着父亲，有人还举着相机给父亲拍照，我羞愧地耷拉下脑袋。那个外国小姑娘也在吱哇乱叫，她离我很近，我偷偷瞟了她一眼，好像和玛丽有点像，又根本不像，关键是她的头发是黑的，翻卷着，她怎么会长着一头黑发呢？父亲没有再叫喊，大约意识到在国际友人面前应该注意形象吧。他还是一只手拎着裤子，一只手举着钱，眼巴巴地望着那伙外国人在一名二十多岁的中国女孩引领下走进了晋祠。

父亲并没有泄气，拉着我来到了卖凉粉的摊位前。父亲要了一碗凉粉，我吃凉粉的时候他死乞白赖地和男人搭话。男人捏着父亲给他的五毛钱纸币抖了抖，担心沾染病毒似的，满脸的不屑。父亲说，钱虽然贴着我的屁股，但我保证今天一个屁都没有放。父亲的幽默终于把男人逗乐了，后来，男人主动冲照相的女人喊，王月花，你就帮帮这位大哥，给他儿子和外国人合个影吧。照相的女人说，他刚才耍流氓，为什么要让儿子和外国女孩合影？父亲赶紧说，是学校让我儿子这么干，我儿子是英语科代表。照相的女人说，瞎话你也不会编，我怀疑你们父子两个是间谍。父亲说，老天爷作证，我们哪是间谍呀……

父亲的话不管用，还是人民币管用，女人最终答应了父亲的要求。父亲翻倍付了钱，女人说那也得人家外国人同意，她也不是记者，怎么能随便拍呢？父亲拍着胸脯说，妹子你放心，我儿子是英语科代表，他会和外国人商量好的。父亲信誓旦旦的样子又让我紧张起来。我回想表舅和外国人对话的情景，除了 Good morning 和 Goodbye，让我说什么好呢？现在已经是下午三点多了。父亲累了，他又蹲下来，警惕地观望着，等待着某个外国小女孩的出现。我们等呀等，只等来了一对白发苍苍的外国夫妇，晋祠多么好，他们怎么就不知道把孙女带上呢？但父亲看起来并不急。父亲和卖凉粉的男人打听过了，晋祠只有这么一个门，那伙外国人迟早会出来。尽管那个小姑娘和玛丽不太像，和她合个影在学校也可敷衍过去。照相的女人要去解手，父亲急得蹦来蹦去，差点儿蹦进女厕所，莫非他真希望被别人当成流氓？父亲像一只瘦猴子一样表演着，附近做生意的人都在看着他，我别扭死了。我还是不知道和外国人如何商量。父亲看出了我的心思，笑着说，石头，到时候咱们去和那个领头的中国女孩说，咱们他娘的不讲英语。我茅塞顿开，一时间觉得父亲太伟大了。

一直等到傍晚，那伙外国人终于出来了。始料不及的是，那个黑皮肤的卷发女孩居然睡着了。一个高大的黑皮肤男人背着她，一伙人走得漫不经心。父亲愣怔了一瞬继续往前冲。父亲一把抓住了领队的中国女孩，把那伙外国人集体吓了一跳，其中一个外国人摆出了拳击的架势。中国女孩尖叫了一声，居然讲出一句英语。父亲说，娃子你难道不是中国人？女孩这才说，你想干什么？父亲笑了。父亲指手画脚地央求女孩，后来把我拽过去，好歹讲清楚了。女孩却还是有点不解。为什么？女孩说，你不见她睡着了吗？睡着了怎么合影？父亲说，睡着了可以把她叫醒，我们就照一张，就一张。父亲向照相的女人勾手，照相的女人差不多站在十米以外。这个不太好吧，女孩说，Mary这两天太累了。我吃惊地望着女孩，由不得问，那个小姑娘叫Mary？奇怪的是父亲也听出来了，父亲也问，她叫玛丽对不对？这时候该女孩吃惊了。女孩问父亲，你懂英语？父亲说，娃呀，我哪懂英语，你替叔求求外国人，让我家石头和玛丽合个影吧。女孩为难地瞅了瞅背着外国小女孩的男人，又看身边的女人。几个外国人同时和领队的姑娘说话，我听出来why，其他什么也没有听懂，如果这时候李老师在跟前就好了。女孩好像和外国人进行了一番交涉，那个可能是玛丽母亲的外国女人摊开了双手，女孩也摊开了双手。女孩说，抱歉，他们不同意，他们还要急着回旅店呢。然后她扭身跑到前面，大步领着外国人往前走。父亲急了，父亲跟上去继续纠缠。父亲甚至想扯一把熟睡的玛丽。一伙外国人把父亲推开了，他们吱哇乱叫，越走越快，也许认为遇到了一个神经不太正常的中国男人。父亲急坏了，他终于收住了步子，悲怆地喊，娃子，你别忘了自己是中国人，你的屁股坐到大西洋了。随着父亲这一声喊，天色骤然暗了下来。父亲蹲了下来，仿佛无法承受低垂的夜幕。父亲说，石头你别泄气，大不了下个礼拜咱们再来。那个照相的女人已经在收拾摊位，父亲冲了过去。父亲要求她退钱，女人不可避免地与他争吵起来。父亲吵不过女人，眼瞅着天色已晚，突然间喊了一声，不退就不退，你给我儿子照一张，再给我们父子俩合一张影。父亲咬牙切齿，终究把损失挽回来一些。

后来我们并没有收到从晋祠寄来的照片。当然，与此行付出的惨重代价比，这两张照片已经无足轻重了。我们的自行车丢了。为了省下两个人的车票钱，父亲和我并没有到凤城坐公共汽车，而是从村里一直骑到了晋祠。将近百里的路程三个小时就被我们消灭了。我们的自行车就停靠在离公共厕所不远的一截墙根下，我记得父亲和领队的中国姑娘纠缠时我还远远地看到它，来到近前却连影子也不见了。父亲疯狂地叫嚷着，像一只没头苍蝇四处乱窜。他简直疯了，折腾了将近一个小时才消停下来。石头，他准备找派出所报案，突然间收住脚步问我，你说咱们的自行车是不是让外国人骑走了？我摇了摇头，怎么可能呢？就是让外国人骑走了！父亲又喊，狗屁玛丽，以后我们再不能相信外国人了！父亲怪异的声音让我觉得他神经出了问题。父亲蹲下去，紧紧抱着我，我摸到了他的泪。我们再不能相信外国人了，父亲喃喃着，狗屁玛丽……

那天晚上月光惨淡。父亲再没有和我说什么，拉着我的手踏上了归途。后来我们拦了一辆拖拉机，后来又拦了一辆拉着轮胎的大货车。大货车在距离凤城五六里的一个十字路口丢下了我们，我们走回了杨湾。那真是一次疲惫之极的伤心之旅。父亲后来回忆说，他感觉腿马上要走断了，饿得想死。但他必须坚持。他甚至装腔作势地笑，甚至和我开起了玩笑。石头，他说，爹也相信地球是圆的，只要咱们一直走就可以走到地球的另一面，咱们到美国再找一个玛丽去合影。他仿佛把一切的伤痛都踩在了脚下，直到在微明的月色里看到村口那棵老槐后颓然倒地。

家里乱成了一锅粥。后半夜三点多，当我艰难地搀扶着父亲来到院门前，母亲嘶哑的哭声和邻居们紧张的劝慰声让我感觉父亲已经死去，我们家正在经历着一场丧事。这么说我的神志也出问题了，我终于哭出来，抱着父亲瘫倒在院门洞里。我和父亲总算是平安归来，但母亲的哭声并没有停止。母亲哭了好多天，恐惧和伤心终于转化为愤怒。母亲说，你们不是喜欢偷偷摸摸往外跑吗，有本事你们跑到美国，你们把自行车给我找回来！母亲说，你们不是喜欢照相吗，你们去照呀，有本事和美国的皇帝合个影……母亲把表舅寄来的照片找出来，刺啦刺啦地撕，父亲好歹夺下来两张，其中一张是我和母亲的合影。父亲说，石头，要不还是用墨汁把你妈涂掉吧，你妈就是玛丽，我们从来都不骗人，我们做事情是有原则的……

我真的不想上学了，尽管父亲卖掉了院子里一棵树，从喜镇给我买了一辆二手自行车。我不知道那段时光是怎么挺过来的。过了不久，许大胜也去了一趟晋祠。许大胜的父亲带着一台照相机，果然给他和一个外国女孩合了影。他把照片拿到学校让大家看。这是美国女孩，许大胜说，她叫玛丽，Mary，她真的叫Mary。照片传来传去，我羞愧地低着头，终究没有勇气瞅一眼。我不知道和许大胜合影的Mary头发是什么颜色，我的面前又泛起一片金色的海。我担心许大胜和Mary合影后会重新成为英语科代表，李老师还相信我和Mary合过影吗？石头，老师相信你没有说谎，李老师把我叫到她的单身宿舍说，Mary不重要，合影不重要，你一定要学好英语，说不定将来你还要出国呢！李老师这么说，我又哭了。

三十五年后，我第一次出国前在李老师的办公室又和她聊起了当年的事。李老师经历过一次不幸的婚姻，后来辞职办起了凤城最早的旅行社。她还是风姿绰约，留着乌黑的长发，我在她鬓角的发根处发现了白霜。我找她帮忙是准备到美国看望儿子。我的儿子大学毕业后到美国留学去了。石头，你家孩子还会回来吗？她问我，我点了点头，我希望他回来。孩子找女朋友了吗？李老师又问，哪个国家的？是不是叫玛丽？李老师笑了，原来她还记得我和玛丽的合影。我垂下了头，一如当年。

我儿子确实在和一个美国女孩谈恋爱。女孩不叫玛丽，但我父亲叫她玛丽。在父亲眼里，也许所有的美国女孩，所有的外国女孩都叫玛丽。父亲说，你去了美国后告诉我孙子，坚决不能和美国玛丽找对象，要找就找个俄罗斯的。父亲刚看完中央四台的新闻，对美国插手南海事务极不满意。隔一天，父亲又说，电脑不就能寄照片吗，要不你让他把他和玛丽的合影寄过来让我看看，看了以后咱们再商量商量。父亲笑了，苍老的神色里不小心又流露出当年那种不可理解的兴奋甚至顽皮。别让你妈知道，他叮嘱我，你妈会撕了照片，说不定还会把电脑砸掉的！

父亲的担忧当然有道理。这么多年过去了，母亲对我虚拟出的那个玛丽依旧耿耿于怀。母亲说，中国多好，中国人民多幸福，想吃什么吃什么，为什么要跑到美国呢？她在家里供了一尊佛，每天都在焚香祷告，最担心的事情就是她的孙子把一个叫玛丽的女孩领回来。思前想后，我还是不知道如何安慰她。

不可名状的清白

　　余士达是在调研员的岗位上退下来的，像地市一级的公务员，能走到这一步谈不上多么出色，但也完全能说得过去。须知，市直机关临到退休时还是个主任科员的大有人在，就算有幸提拔为实权部门的一把手，甚至市级领导，谁又能保证安全着陆呢？余士达先后换过五个单位，和他共过事的有三位同事先后落马，曾经在纪检委办公室桌对桌坐过五年的李圣，甚至在反腐浪潮中成为警示教育的典型。当初余士达和李圣竞争过同一个岗位，最终以余士达落败告终。看着身穿囚衣，顶着满头白发的李圣在电视屏幕上痛哭流涕，对不起这个对不起那个的，余士达暗自捏了把汗。如果当初他能够成功胜出，说不定走的正是李圣的路。

余士达是退休前两年提拔的调研员。按理说调研员是个虚职，赋闲两年即可告老还乡。但余士达当副职时分管材料，谁都知道写材料多么麻烦，他费了九牛二虎之力，还是没有培养出一个拿得起来的"笔杆子"。一把手说，老余你还得站好最后一班岗，材料上再给把把关。余士达不好推辞，机关的材料太多了。直到退休前两个星期，他才卸下这副重担。这两个星期余士达一直在收拾办公室。他把二十多本工作笔记整整齐齐装进了箱子。还有那些书，大部分是理论方面的著作，他觉得以后再不会看了。他写了二十七年材料，每一份草稿都保存着，早先用稿纸，后来打印，稿子上勾勾画画，有的还有领导的批示。其中一份材料他改过七次，真不知当初怎么扛过来的。他不想再保存这些劳什子材料，一页一页塞进了碎纸机。机关办公室的小丽姑娘帮他的忙，咬了下嘴唇说，余老师，你收拾办公室这几天让我们感觉好凄凉。余士达笑着说，我终于解脱了，大家应该为我感到高兴。

余士达承认自己言不由衷。道理上是这么回事，感情上一时还难以接受。感情上的事不好说的。如果把工作比作一位朋友，相处了这么多年，就算闹过什么不愉快，分别之际也难免会感伤。另一层含义是，他已经六十岁了，体力不比当年，精力难以为继，只好去颐养天年。

余士达的爱人梁文秀比他小两岁。梁文秀干了三十多年小学音乐教师，退休以后还是活蹦乱跳的。用她的话说，这叫老有所为，老有所乐。小区成立了老年合唱团，她已经不辞劳苦当了六年义务辅导员。余士达闲下来，梁文秀说，老余啊，你看开点，退休以后总有个适应过程。余士达说，笑话，你觉得我有什么看不开吗？梁文秀说，能看开就好，我还想着包顿饺子安慰安慰你呢。结果那天梁文秀还是包了饺子。梁文秀建议余士达参加她的老年合唱团。余士达唱得一手好歌，富有磁性的男中音，当年两个人走到一起就是音乐牵的线。余士达说，我凭什么要加入你们的合唱团，你是想整天冲着我指手画脚？梁文秀说，老余你想歪了，你还是机关干部的思维。参加合唱团是为了锻炼身体，愉悦精神，到了我们这个年纪，最大的心愿还不是有一个活蹦乱跳的身体？余士达说，幼稚。

余士达已经在规划退休后的生活。他准备好好读几本书，先把《红楼梦》读完。上班的时候，他读的多是政治理论书籍，确实有点枯燥。他希望《红楼梦》这样的文学经典能滋润他的心田。起初几章他还读得挺来劲，因为记不住人物关系，他还做了笔记。林黛玉一出场他就读不进去了，八成和噪音有关吧。上午，梁文秀在家里做家务，难免发出磕磕碰碰的声音，有时候还哼着小调，刷个锅洗个碗有什么好开心的？余士达提醒梁文秀小声点，梁文秀说，老余你看个书比参加高考还严重呢，看不进去不是因为我发出声音，而是因为你退休后心有不甘。余士达说，以小人之心度君子之腹。

下午三点半梁文秀就去唱歌了，按理说这下家里清静了，可合唱团唱歌的地方正是他们家楼下。虽然隔着九层楼的高度，歌声还是会飘上来。余士达关上窗子，歌声依旧不依不饶。关键是这帮老家伙唱得太难听了，粗声老气的，像喊口号，还装嫩。他们什么歌都唱，日落西山红霞飞，送战友踏征程，小鸟在前面带路……唱歌难道是开杂货铺吗？可想而知梁文秀怎么教的。他赌气丢下书，到阳台上往下看，憋着口气想骂人。楼前的广场上，起码有三十个老头子老太太。他们穿着大红的绸缎衣服，手里摇着羽扇，扭捏作怪，太搞笑了。余士达尽管没有戴眼镜，还是轻而易举把梁文秀辨认出来。梁文秀站在两排老年人中间，举着扇子翘起一条腿做示范，他忍不住吐出两个字，丢人。

余士达到楼下遛了遛，主要是想甩掉那些声音。小区挺大的，余士达后悔当初卖掉机关分配的宿舍搬过来。原来的房子是有点小，但住在那里的是机关干部，恐怕不会组织这么滑稽的合唱团。好些机关干部退休后去读老年大学，他也动过念，但说不来为什么，退休以后他不想再和机关的人来往。

已是深秋时节，院子里的花草树木显出颓废之态。余士达在一棵五角枫下停下来，拈下一枚黄叶，举到嘴边吹出去，那样子像是小时候吹蒲公英。不远处的凉亭里，一帮老头子在下棋，看棋的人撅着一圈屁股。他下意识地走过去，快到跟前时调头走向了另外一棵树。年轻时候他也喜欢下棋，好像是二十年前吧，机关举行象棋比赛时他还得了季军。走着走着，一个秃顶老头带着一条小狗迎面而来。他不喜欢狗，更反对小区里养狗。狗摇摇晃晃跑到他脚下，还想啃他的脚丫子呢，他跺了下脚，狗叫了一声逃走了。秃顶老头瞥他一眼，他并不准备和秃顶老头搭话。走出去五六步了，秃顶老头却喊住了他：喂，你住在几号楼？他只好扭过头来，礼节性地冲老头笑了笑。老头说，你签名了没有？他疑惑地问，签什么名？老头说，物业和业委会狼狈为奸，要擅自划分小区的地上停车位，这么大的事你居然不知道？老头的语气好像是在责备他，他没好气地说，我压根儿就不住在这个小区。

晚上，余士达和梁文秀聊到了停车位的事。其实他不想聊这个，暗自骂自己嘴贱，好像非得和梁文秀聊聊天似的。梁文秀说，他们不像话了，我已经代表咱们家签了字，我们正准备组织人马到市政府门口上访。余士达吃惊地问，就为这点事上访？梁文秀说，百姓利益无小事。余士达说，你们应该选一两个代表向城建局反映，别动不动就给政府找麻烦。梁文秀说，老余啊，全市人民都知道，到市政府大门前上访才管用呢，人越多越管用。余士达当下就拍了桌子，盘子蹦了起来。余士达说，胡闹。

余士达想阻止梁文秀去上访。他吓唬梁文秀，像堵政府大门，干扰机关工作秩序这种事，公安是会出手的。哪知梁文秀扑哧一声笑了。梁文秀说，老余你放心，分寸我们会把握好，你不用操心去拘留所给我送饭，况且你也做不来饭呀！余士达说，你可是一名人民教师。梁文秀说，人民教师也需要维权，我早就退休了。余士达气得呼哧呼哧喘，梁文秀给他解释，老余你还记得三年前大家为电梯费的事去上访？你知道邻居们说咱们什么，自私自利，不关心公益事业，坐享别人的劳动成果，搞得我每次坐电梯感觉都像欠着电梯费似的，再说咱们家也需要一个停车位呀，儿子回来看咱们车往哪里停？余士达说，庸俗，原来你是这么想的。

既然梁文秀不可理喻，余士达也就懒得管她了。他在想，如果他还没有退休，梁文秀会不会听他的话。隔了两天，小区的队伍果然跑到市政府门口上访。大清早余士达就听到有人在院子里吹哨子，梁文秀匆匆忙忙跑了下去。更让余士达吃惊的是，梁文秀居然穿着唱歌时穿的衣服，他到阳台上看，楼下站了一大片，最显眼的就是统一服装的合唱队成员。余士达想，这帮老家伙该不会在市政府门口唱歌吧。他捶了一下窗子，恨不得立马和梁文秀去离婚。

前年，余士达他们单位组织了一次可以带家属的春游，梁文秀也去了。梁文秀在草坪上给大家唱了两首歌，同事们都夸余士达有一位气质优雅的好太太。当时余士达美滋滋的，现在看，梁文秀究竟优雅什么呀？余士达担心同事们出入大门时把梁文秀认出来，那样的话他的老脸都没地方搁了。半上午，他甚至想给小丽打个电话，打探打探情况。但他终究没有打。退休以后，他的手机也赋闲了，就小丽和他联系过一次，还是因为他把水杯拉在了办公室。那只水杯到现在他都没有去取。

快到中午，梁文秀兴冲冲回来了。梁文秀说，老余啊，你看看管不管用，问题很快将迎刃而解。余士达不吭声，梁文秀又做起他的思想工作。梁文秀说，老余啊，上班时候你生活在一个社会，退休以后进入了另一个社会，你应该转变一下观念嘛。余士达说，梁老师你这是给我上政治课呢，你怎么不说我眨眼间回到了旧社会？

余士达不搭理梁文秀，梁文秀倒也不和他计较，该干家务干家务，该唱歌还是去唱歌。余士达再没有看《红楼梦》，什么书也没有看。他花三天时间写了一篇题为《应该切实重视和加强社区老年文艺娱乐活动的管理和引导》的理论文章。他是有感而发。像梁文秀他们的老年合唱团，如果不加强引导和管理，很有可能会出事的，他们不已经跑到政府门口上访去了吗？他摆事实，讲道理，提出了五条建议，前后改了四稿，成就感比以往写任何一份材料都强烈。写完后却想，这份材料该往哪里投送呢？思前想后，决定寄给省报理论版。报纸上刊发出来，说不定会引起更多的关注。然后他又想到了署名问题。他想起个笔名，先是想到了余波，又想到余一波，余一爽，最终还是觉得余波更靠谱。等他找了一家文印店打印出来，到邮局投递出去，感觉真像是办了一件大事情。

再听到老年合唱团的歌声，余士达不那么烦躁了。梁文秀和他聊天，他也应付几句，好像亏欠下她什么似的。梁文秀误解了他，说，老余啊，你适应得挺快嘛，看起来不是横眉冷对了。余士达说，我什么时候横眉冷对过？梁文秀又劝他参加老年合唱团，否则他的男中音岂不是白白浪费了？余士达说，再等等吧。梁文秀说，都六十岁了，你还等什么？余士达说，等等看太阳能不能从西边出来。

余士达等着省报把他的文章登出来。他甚至设想过文章刊登后引发的连锁反应。比如，分管意识形态的某一位领导会接见他。比如，市委宣传部会为这篇文章召开一次专题研讨会。余士达也设想过梁文秀看到文章后的反应，到时候他会把报纸往桌上一拍，声色俱厉地说，梁文秀你应该迷途知返。他沉溺在想象中，并且为退休后的人生找到了方向。他以后可以写点理论文章，说不准很快会出名的。他每天都用手机上网，浏览省报的官方网站。等了一个礼拜，他甚至想给报社打个电话了。

这一天傍晚，余士达突然接到了快递员的电话。他怀疑上网时看得不仔细，说不准他的文章已经刊发出来。他下楼的时候想，如果报社以快递的形式给他寄样报，足以说明对这篇文章非常重视。但快递员投送的不是报纸，而是一个沉甸甸的奖牌。余士达撕开包装，望着那个笔记本大小的奖牌愣住了，奖牌上用镀金字写着"全国优秀人民公仆"字样，落款是"中华爱国促进会"。余士达问快递员，这个是投递给我的？快递员说，您是刚才接电话的余士达先生吗？余士达说，我是余士达不假，可这个奖牌怎么回事？快递员，好我的大爷，你问我我又去问谁呀？

余士达捧着奖牌走到楼门前，刚好梁文秀唱歌回来了。梁文秀说，老余你拿着什么，老远我就看到发光呢。余士达说，奖牌。梁文秀夺下来奖牌看了看，说，我的天，老余你这可是国家级的荣誉。余士达说，奇怪，我还搞不清楚怎么回事。

第二天余士达就搞清楚了，他遇上了骗子。一个操着南方口音的女骗子问他，余老师，您收到我们寄给您的奖牌了吗？余士达说，这个奖牌什么意思？女骗子说，余老师，全国获此殊荣的总共才二十位，我们要搞一个学术研讨。然后就谈费用问题，参加的话五千元，不参加只需出两千元奖牌工本费。余士达操着手机叫嚷起来，骗子，一分钱我也不给你，我要报案。他摁断了电话，正准备打110，梁文秀跑到他屋里问，老余你喊什么，发生什么事情了？余士达讲明原委，梁文秀说，报什么案，和公安打交道怪麻烦的。余士达说，不能便宜了这些骗子。梁文秀说，老余也不是我说你，这个奖牌你本来就应该拒收，不是你的东西你收它干什么？余士达说，那我给他们寄回去。余士达想起来奖牌的包装已经扔到了垃圾筒，下楼去看，哪还能找得到？他又给快递员打电话，查出来的地址根本就不靠谱。他又要打110，梁文秀说，反正我不建议你打，你看着办吧。

晚上，女骗子又和余士达联系，催他付参加研讨会的定金，或者支付奖牌工本费。女骗子甚至说，余老师，如果你不讲诚信，我们也是有办法的。余士达气得一晚上没有合眼，第二天上午小丽给他打来了电话。小丽说，余老师，您的杯子我还保存着呢，要不要给您捎过去？余士达说，过两天我去取。小丽说，还有一件事情主任让和您通通气，您是不是订购了什么产品还没有付账，有人给单位打电话举报您呢。余士达差点儿把手机摔掉。

最终还是梁文秀摆平了这件事。梁文秀说，老余啊，吃一堑长一智，你知道那些骗子还会使什么坏，我看把钱打给他们算了。余士达说，你什么意思，凭什么？梁文秀说，两千块钱毕竟不是什么大事，再说你还可以和他们还价呀。余士达说，梁文秀你疯了？骗子的电话又打过来，梁文秀抢过手机先和骗子撒了半天气，说你们这些骗子也太恶毒了，你们不知道我家老头子血压高吗？有个三长两短我饶不了你们。骂完以后她换了副腔调，说我们家房贷还没有还完呢，儿子还没有结婚呢，你们能不能行行好便宜一点，也就一块牌子，哪值两千块钱？最终，梁文秀和骗子搞成了五百块。挂断电话后梁文秀安慰余士达，五百块钱更不算什么事了，这块亮堂堂牌子摆到家里也不错嘛。余士达一把将梁文秀推了出去。

经历了这件事，余士达再不想搭理梁文秀了。他几次想把奖牌砸烂，终究没有。连着几日睡眠不好，他头晕眼花，感觉一下子老了许多。后半夜，他又审视那块奖牌，发现了它做工的粗糙，哪值五百块钱？突然间，真是突然间，他想"优秀人民公仆"的荣誉他未必就受之有愧吧。他一辈子都在勤勤恳恳工作，光材料写了多少呀？与那些沽名钓誉的家伙比起来，他付出的辛苦一点儿不比他们少。他抚摸着金光闪闪的奖牌，竟生出几分亲切感来，连自己都觉得不可思议。

余士达的文章还是刊发出来了，这足以说明他的理论根基和文字功底是不错的。但文章刊发在理论版的左下角，而且删减了三分之二，五条建议只剩下两条。余士达看过他的文章后差点儿又把手机摔掉，做一名批评家的宏愿霎时间荡然无存。隔了一夜他又想通了，编辑的删减好像也有一定道理，那帮忸怩作态的老家伙又能整出多大的事？但他还是不情愿搭理梁文秀。梁文秀说，老余啊——余士达不耐烦地摆摆手，我不参加你们的老年合唱团！梁文秀说，老余啊，其实我并没有逼着你参加合唱团，只是希望你看开一些，昨天晚上我梦见你脑梗了，差点儿把我急得尿了床。余士达说，活该，你这是在咒我。

梁文秀叹口气，这还不就是狗咬吕洞宾吗？她倒也不在乎，该干家务干家务，该唱歌还是去唱歌。余士达呢，再没有看《红楼梦》，文章也没有写，整日窝在家里，迷迷瞪瞪，只有刷朋友圈的时候才能集中点注意力。问题是，他一向反对看那些垃圾文章。他在单位时常教导那几个年轻人，决不能把时间和精力耗费在那些真假难辨的垃圾信息上。

或许是余士达觉得寂寞了，他又到阳台上往下看，歌声隐隐传来，好像不那么刺耳。他居高临下地望着那些红色的绸缎扭来扭去，自己的身体竟也轻飘飘的。他忘记了身在何处，忘记了时间，忘记了他这一辈子是怎么走过来的。甚至是，合唱团都散场了，他还站在窗前。屋门一开，他吓了一跳，慌乱地坐到沙发上，在梁文秀进来后竟面红耳赤。梁文秀狐疑地问，老余你在干什么？余士达说，我没有干什么呀。他揪了一下鼻头，这是年轻时候的习惯性动作，梁文秀笑了。梁文秀健步走过来，扯着他的胳膊说，老余，我陪你去逛街好不好？余士达缩着身子说，不去。梁文秀说，那你陪人家去逛逛街好不好？说着噘起了嘴，还扭了扭屁股，余士达心里动了一下，居然同意了。

　　来到街上后余士达就后悔了，梁文秀还挽着他的胳膊。梁文秀说，老余啊，我看到人家老两口手挽着手逛街好羡慕，我等了你七年，赶走日本鬼子才用了八年。余士达说，抗战是十四年，教科书改过来了，以后少拿抗战开玩笑。余士达使劲把胳膊抽了回来，他觉得酸。不是胳膊酸，而是梁文秀酸。老天拔地的，搞这些有什么意思？他想到了"老天拔地"这个词，原来是《红楼梦》里学的。

　　梁文秀心有不甘，再次挽住了余士达。到一家超市前，余士达说，我想买个电动剃须刀。进了超市，梁文秀很快就把余士达忽略了。梁文秀在一架陈列着玩具熊的货架前停下来，余士达抻了抻袖口，偷偷溜走了。余士达忘记了买剃须刀，其实他也喜欢琳琅满目的商品。他想起来十几年前，曾经带队到商场检查过，揪出来五箱子假冒的汾酒。这几天，他动了写回忆录的念头。他回想自己的人生经历，少年时代的往事泉水般涌出来，倒是参加工作后的事情想不起来几件有意思的。他想，如果光把少年时代的经历写出来，不过是回忆录的一部分，没有谁会给他续后四十回。在他的少年时代，物质多么匮乏，家里多么穷。他想买一把手电筒，上早自习的时候好照亮，直到初中毕业都未能如愿。他又想到了他的母亲，他吃一块奶糖，不小心从嘴里掉出来，母亲捡起来塞进了自己嘴里。他在货架前缓缓移动，忍不住抚摸那些玲珑别致的手电筒，就像梁文秀抚摸玩具熊一样。

余士达不知不觉来到了超市出口，看到排队结账的人流，这才清醒过来。熟食区一个系着红围裙的胖女人不停地叫嚷，猪肉韭菜馅包子打折了，过来看看呀……他突然间就烦躁起来，鬼才知道梁文秀还会在超市待多久。他想到外边等梁文秀，甚至想一个人回家。急匆匆穿过出口，突然间响起刺耳的滴滴声。一个牛高马大的保安眨眼间横在他面前。

保安说，你给我站住。保安揪住了余士达的胳膊，余士达咧了下嘴，保安捏疼了他的骨头。你干什么？余士达后撤一步，想把胳膊从保安手里拽出来。保安另一只手摸余士达的大腿，眨眼间从他裤兜里摸出来一板五号电池。

老家伙，跑到超市来偷东西了！保安瞪着眼骂余士达，余士达急得叫喊起来。余士达说，没有，我是冤枉的，我没有。收银员停下来动作，那么多人望着余士达。余士达又喊，我没有，我真的没有。保安冷笑一声：人赃俱获你还抵赖呀，就为了十块钱的电池，连老脸都不要了？另一个保安跑来增援，余士达奋力把胳膊抽回来，瞪着眼骂，你这是血口喷人，我要投诉你！结账的人流发出笑声，两个保安揪扯余士达，梁文秀健步如飞跑来了。梁文秀说，你们干什么？你们两个小伙子欺负一个老年人有意思吗？她干净利落地扒拉开两个保安，挡到了余士达前面。保安给梁文秀陈述事实，并举起电池让梁文秀看。梁文秀说，你们给我闭嘴，我家老头子哪是偷，他有间歇性精神病你们知道不？出了事情我饶不了你们！她摸出来十块钱，叭一声摔在保安手里，电池也没有要，扯着余士达扬长而去。

从超市出来后余士达骂梁文秀，你才有间歇性精神病，凭什么给他们十块钱？梁文秀扯着余士达只管走。梁文秀说，说你间歇性精神病便宜你了，你是个完全彻底的精神病，你拿人家电池干什么？余士达说，我没有。梁文秀说，你还抵赖，六十岁人了你觉得有意思吗？余士达说，我没有，反正我没有。梁文秀重重地叹了口气，路灯的光晕颤抖起来。梁文秀说，老余啊，事情过去就算了，其实我也能理解你，小时候过惯了苦日子，就算现在有钱了也改不掉小偷小摸的毛病。余士达说，放屁。他顾不上体面了，讲起了脏话。梁文秀说，算我说错了老余，其实每个人在特定环境下都会产生偷窃的冲动，甚至杀人的冲动，有本心理学书上是这么说的。

事后余士达反复回忆，还是想不起来那板电池是怎么揣到他裤兜里的。难道有一只无形的手在陷害他？他更不愿出门了，也再没有站在阳台上往下看。他怀疑他的精神真的出了问题。真要像梁文秀说的那样，每个人在特定环境下也会有跳楼的冲动，他们家可是在九楼。他希望度过心理上的难关，假定他的心理真的出了问题。他对着镜子笑了笑，发现镜子里那张脸竟如此苍老。果然一张老脸。他决定去理理发。

余士达上次理发是在退休前一天。他承认，那是理给大家看的。这么多年了，难道他一直在做姿态，一直在装？他甚至想，那板莫名其妙的电池正是上苍对他的一种惩戒。晚上睡不好，他的脑子里又冒出来许多往事。是青年时代的往事，读大学，参加工作，和梁文秀恋爱。如果真要写回忆录，青年时代也不愁了，起码构成了半部书，半部人生。

退休前，余士达一直在机关大院的理发室理发，发型多少年没有变过。现在，理个发他都需要重新找地方了。他来到小区门口的发廊，等着四个人。另外一个中年妇女坐在烫头发的罩子下看手机。因为生意好，理发师的态度便不怎么样，他本来就看不惯他们花里胡哨的打扮。他又跑到一家小店，理发师是一个唠唠叨叨的胖女人，见他进来后把手里的瓜子丢到了摆放理发工具的台子上。他笑了笑问，请问附近有没有邮局呀？胖女人到门口指了指，他偷偷乐了，无意中一次随机应变竟给他带来了久违的快乐。

再去找理发店，他想起了年轻时候那个不可言说的秘密。年轻时候他理个发挺能折腾的。他希望找到一位赏心悦目的姑娘给他理发，一边理发一边聊天，那当然是一种神清气爽的享受。每个月头发长了，他都会骑着自行车穿街过巷，找啊找，差不多把半个城市都找遍了。甚至是，在和梁文秀结婚后的头几年，他也一直在寻找。他并没有为这些感到羞愧，一个人心里还是应该装一点秘密的。他只是想找到一位赏心悦目的理发师，难道不可以吗？

有一次，他在一条巷子里真还找到一位。那姑娘大眼睛，圆脸，短发，这正是他喜欢的模样。他的目光一下子就亮了。姑娘干净利落，笑的时候眉毛会弯一下，洗发水的味道很好闻。姑娘帮他洗头，他闭上眼睛，姑娘细长的手指轻轻在他头上抓挠着，他太喜欢那种感觉了。姑娘理发的手艺倒是一般，有什么关系呢？理完发，姑娘双手抵着他的两鬓，问他满意吗？他赶紧点点头，镜子里的脸热腾腾的。姑娘只给他理过两次发，第三次过去，理发店改成了烧鸡店。后来他再没有找到姑娘，也没有找到另外一个赏心悦目的理发师。工作忙起来，下班以后到机关理发室顺便就把头发理了。

现在，余士达又把那位赏心悦目的姑娘想起来了。时间如白驹过隙，记忆不再真切，当时他和那个姑娘说什么来着？印象中，那个姑娘的理发店离余士达现在住的小区隔着两条街。他决定找到那条巷子看看，好像时光能够重现，好像他要回到年轻时候似的。城市发展太快了，到处是高楼大厦，但小街巷里还一直保留着原来的气息。他一口气找了三条巷子，结果很失望。第二天又去找，梁文秀问他，老余你这是去哪儿呀？他说，我去街上买两份报纸。回来的时候他果然拿着报纸。第三天他又去找，梁文秀问他，老余你又去买报纸吗？他说，我把落到单位的水杯取回来。回来的时候他手里并没有拿着水杯。

其实这一天余士达很有收获。在距离小区九站地的一条小巷里，余士达找到了一家理发店，理发店的主人是一位大眼睛、圆脸、短发，四十多岁的中年妇女。余士达努力回忆当初那个赏心悦目的理发师，认定中年妇女和记忆中的她有着千丝万缕的关联。他回避了一个事实，他已经六十岁了，时间对每个人都是公平的，那个姑娘不可能是四十多岁的年纪。问题是这又有什么关系呢？他看到中年妇女后怦然心动，比年轻时候都怦然心动。中年妇女和他笑，眉毛弯了一下，他找到了年轻时候的感觉。但他这一天并没有理发。一个胳膊上纹着青龙的小伙子在理板寸，一个老头等着剃光头。他从理发店出来后在一棵大柳树下站了老长时间。那是初冬时节的傍晚，黄叶在他脚下翻卷。

　　然后就发生了第四天午后的事情。余士达来到理发店时果然还没有顾客。理发店虽然小，但用木板隔成了里外间。他推开门进去，中年妇女从里间出来了。理发吗？中年妇女问他，或许是因为打搅了她午休，她的样子并不友好。余士达瞅她一眼，昨天的感觉荡然无存。但他还是决定理发。连着几天折腾来折腾去的，不就是为了理发吗？他坐到水池前洗头发的时候头有点晕，中年妇女飞快地揉搓他的头发，他感觉像揉一块抹布。他的发际线不断后移，其实已经没多少头发了。等他坐到理发椅上，他晕得更厉害了。当中年妇女发现他额头上明亮的液体并非没有擦干净的水珠时，果断地关掉了电推手。老人家，你是不是生病了？中年妇女问他，他摆摆手，看到了手的影子。他不清楚为什么要站起来，也许想离开。他打了个趔趄，中年妇女赶紧扶住了他。他又摆手，因为坐不回椅子上，中年妇女把他搀扶到了里间。

那是一张窄而温暖的床。余士达闻到了熟悉的气息。她问中年妇女，你是叫——他根本想不起来那个赏心悦目的姑娘叫什么名字，何况当初就没有问过。中年妇女说，老人家，你先躺一会儿吧。她笑，弯了一下眉，余士达一把拉住了她的手。中年妇女吃惊地问，你干什么？余士达揪着她的手不想松开，这时候梁文秀健步如飞跑了进来。梁文秀说，余士达你还要不要脸？梁文秀扇了中年妇女一个耳光，中年妇女犹豫了一瞬，毫不留情地还了一个。两个女人纠缠在一起，梁文秀看起来并不吃亏。余士达从床上爬起来，发现他的裤门奇怪地开着。他把拉链拉好，冲梁文秀喊，你给我回家！

那天晚上，梁文秀把儿子叫回来了。儿子也是余士达的儿子，但父子间的关系并不好。父子间本来就不好相处嘛。余士达窝在他屋里，梁文秀声泪俱下，控诉他的声音像蒸汽一样冲撞着门板。

梁文秀说，他是个骗子。

梁文秀说，他是小偷。

梁文秀说，他还去嫖娼。

梁文秀说，年轻时候他就不是什么好东西，我早就受够了……

余士达不想去解释，他已经解释过了。他奇怪自己如此冷静。他找来了纸和笔，写下"清者自清"四个大字，从下边的门缝里奋力塞出去。

梁文秀还在控诉他，也许根本就没有注意到那张 A4 纸。余士达想象儿子坐在沙发上抽烟的样子。儿子每次回来后都像哑巴一样沉默。那么他的眼睛呢？余士达想，那么大一块白纸，他难道没有看到吗？儿子无视他的清白，任凭梁文秀把他的一生完全彻底地否定了。

玄
关

父亲从乡下来。他在我们家住了九天。冬天，暖气不太好。我们租的房子只有两个卧室。父亲来的前一天，丽莎确定怀孕了。她和我闹别扭。她说我们还不具备生孩子的条件。

父亲很少出门，他总是钻在阴面的卧室里看一本老皇历。他还从乡下带来一本天主教的宣传册，其实他最多认识五十个汉字。丽莎不在家的时候，他会到阳台上抽一支烟。他一边抽烟，一边挥舞着胳膊向窗外驱赶烟雾，那样子是有点滑稽了。我劝他到楼下晒晒太阳，或者到小区门口看看那帮老头子们下棋，他果然去了。他出了楼门后走得很谨慎，像是担心踩坏脚下的落叶。他一只手扶着腰，突然把光头举起来，我缩到了窗帘后边。父亲六十三岁，看起来已经老得不成样子了。

出事的那天是个礼拜天，我以为父亲又到小区门口看下棋去了。吃午饭的时候丽莎就阴着脸，父亲出门后她抽泣起来。她说我们怎么办？我们的孩子？如果我说生下来也没关系，她肯定会发脾气。我了解她，了解她一系列的理论和对美好生活的向往。她烦躁的时候会追诉我的种种劣迹，包括谈恋爱的时候。她喜欢拿玻璃器皿撒气，也许是因为透明。她在餐桌的一个角上把我的茶杯砸碎了。

下午四点多，我就接到了电话。我和丽莎赶过去，在两公里外的城市快速路上，父亲躺在血泊中，半个身体探到一辆越野车的底下。他的样子看起来像是正在作业的修理工。我没有看到他的脑袋。司机是一个刚毕业的大学生，出事以后吓得逃掉了，报警电话和急救电话都是路人打的。父亲身边掉着一个小本子，上边有我的住址和电话，是我担心他找不到家特意为他准备的。丽莎搂着我的脖子说，亲爱的，你一定要坚强，我们还有好多事情需要处理呢。她拧着眉头，嘴角的肌肉机械地抽搐，努力想哭出来。我果真没有掉眼泪。

父亲被安置到了殡仪馆。接下来的事故处理，一直由肇事者的父亲与我们接洽。那是一个六十来岁的谢顶男人，丽莎托人查了查，他确实是木器厂的下岗职工。肇事的越野车是他儿子和同学借的。谢顶男人耷拉着脑袋，一直用嘶哑局促的声音向我们道歉。丽莎揪着他的衣领说，我们的父亲被你儿子撞死了，肇事逃逸，说声对不起就可以解决问题吗？那是在交警队，谢顶男人被丽莎逼到了死角，丽莎歇斯底里的吼叫声一度让调解工作中断。主持调解的余警官很有经验，他分头做我们的思想工作，一周以后总算达成了赔偿的意向。对方和保险公司的赔偿金加在一起，我们可以得到七十三万。丽莎还嫌少，余警官说，对方把房子都抵押出去了，祸是他儿子闯的，如果他一分钱不赔，就算他儿子判了刑你们又能得到什么呢？丽莎没有再坚持，我在谅解书上签上了自己的名字。

　　父亲的遗体火化以后，我把他送回了二百里外的老家。临行前整理父亲的遗物，我发现那本天主教的宣传册里夹着一张老家医院的诊断书。看过以后我重新把它夹进去，与其他东西一起装进了那只旅行包。父亲来的时候就扛着这只旅行包，鼓鼓囊囊，现在却装不满。我想起来父亲来的时候还给我们带着一大包花生，那是他亲手种的。我把包着红布的骨灰盒装进去，刚好把旅行包塞满了。已经是腊月二十，寒风凛冽，车窗外灰蒙蒙的，我拎着父亲回家。最近几年，父亲总是在腊月二十二，也就是小年的前一天才会赶过来和我们团聚。他来也就省得我们回去了。但他今年来得早了些，我并没有在意。现在还不到小年，我要把他送回去了。

我在老家总共待了六天。有亲戚朋友帮忙，父亲的后事还算办得顺利。父亲和母亲合葬在一起，我在坟前为他们立了一块碑。母亲已经去世二十多年了，我还记得她的生日，父亲的生日却是在堂叔的帮助下才想起来。我在冰冷的墓碑前磕了三个头，把父亲的生日输进了手机。

回来就要过年了。丽莎温柔而又体贴，她怕我伤心。她安慰我说，人死不能复生，如果父亲活着，他也不希望我们伤心的。腊月二十九，她拉着我到购物中心买了一身西服。她置办了许多年货。今年来不及了，明天过年的时候可以到我家去，她说。或者把我爸妈接过来，那样热闹，她说。她瞅了我一眼，把一条艳红的丝巾递还给售货员。晚上，她让我摸一摸她的肚子。她抓住我的手放上去，我抖了一下。你怕什么？她让我的手掌在小腹上缓缓移动。再过八个月，秋风送爽的时候我们的孩子就要出生了。

正月初七，上班的第一天，午饭后丽莎拉着我去看房子。其实买房子也不急，她说，关键是房价很可能涨起来，专家说肯定会反弹的。她前期已经做了好些准备，我们去了锦绣家园，欧风丽景，德国小镇，鸿运世家。无论看房子还是谈房价，她都很在行。她甚至让伶牙俐齿的售楼小姐张口结舌。她总是征求我的意见，我说，你就全权决定吧。她说，这可是大事情，一家三口的事情，买不好怕你将来埋怨我。我好长时间才反应过来，她肚子里已经有了孩子。现在，我们已经是三口之家。

正月一过，买房子的事尘埃落定。丽莎选中的是福泰花园的现房，两居室，九十平方米，主卧和次卧都在阳面。已经相当不错了，丽莎说，唯一不满意的地方是卫生间没有窗子。另外，小区的名字老土。我们走进将要属于自己的房子内，丽莎沿着墙壁仔细地查验。她进了主卧，然后是次卧，然后是卫生间，厨房，阳台。她勾回来两根手指在墙上敲。她戴着平时不用的近视镜，还在小区门口的地摊上买了一把放大镜。嗨，她冲不耐烦的售楼小姐喊，墙角怎么会有一条裂缝，小姐你知道砂浆中水泥和沙子的比例吗？尽管她如此挑剔，房子还是买下来了。

交钱的时候，丽莎带着那张银行卡。父亲的赔偿金都在卡里。她计划在银行转账，但跨行需要花一笔手续费。她给售楼部打电话抱怨，为什么不能多开几个账户呢？她决定用现金支付。我站在她身后，望着5号窗口漂亮的女营业员给她取钱。营业员穿着天蓝色的衬衣，打着领结，面无表情，熟练地操作。她把一沓百元大钞拆开，放进验钞机，然后便响起鼓掌般热烈急促的声音。一张张百元大钞验明正身，前赴后继地跑到另一端团聚去了。看好了，营业员说，一万，她从验钞机上取下钱，在柜台上磕了两下，将白纸条飞快地缠绕上去。她不停地重复着同样的动作，百元大钞砌墙一样一层一层长起来，遮蔽了我的视线。

我从来没有面对过这么多现金，这么多的百元大钞。丽莎带着一只旅行包，与父亲用的那只一模一样。那还是在三年前，我和丽莎跟团到海南旅游，两只包都是旅行社发的。老公，抱紧它！银行的玻璃自动门打开，丽莎吩咐我，她的声音脉搏一样一跳一跳的，像憋着一股劲。她警惕地观察着周围的状况，两只手握成了拳头。一个戴着墨镜的胖男人迎面走来，她一个箭步挡到了我的前面。这时候，恐怕任何人在她眼里都是抢劫犯吧。

来到售楼部，丽莎又开始发脾气。她从我怀里夺过旅行包，像扔炸药包一样砸到了桌面上。咚的一声，旅行包似乎蹦了一下，缓慢地塌陷下去。丽莎双手叉腰，为账号的事吼叫着，然后监督着两个小伙子数钱。一沓一沓的百元大钞又被拆开，放上了验钞机，鼓掌般热烈急促的声音不停地重复着。这一次我离得更近，中间没有隔着玻璃橱窗。我望着验钞机上的百元大钞日子一样拼命奔跑，它们是投奔死亡吗？我的眼前又浮现出父亲葬礼上飘洒着的冥币。那可不光是百元大钞，最大的面额高达十亿。即便如此，父亲的葬礼还是显得简单了些，甚至有点滑稽了。乡下人活着的时候再寒酸，死后也会被人抬着，享受众星捧月的古老仪俗。但父亲不是。父亲客死在异乡，客死在遥远的城市。父亲的身体化成了灰，我捧着他走向墓地，他的灵魂跟随我回来了吗？西北风呼啸着，山坡上的枯草浪花一样翻卷，不清楚是在嘲笑还是在惋惜和感叹。

　　既然拿到了房门钥匙，接下来便是紧锣密鼓的装修。丽莎说，我们要抓紧，早一天装修好，我们的孩子就可以早一天住上新房。她白天跑家装公司，先后跑了十六家，两只脚都跑肿了。晚上她一边泡脚，一边在电脑上查资料。她不小心把脚盆蹬翻了，屋子里到处都是她的洗脚水。她终于拿出了装修方案，家装公司也敲定了，然后冲我抱怨说，你不能总是这样消沉，我怀着我们的孩子呢，累坏了怎么办？我不吭声，她又说，你是不是因为我没有陪你回老家对我有意见？我真想回去，可一个怀孕的女人是不应该参加葬礼的。我还是不吭声，她叹了一口气。这是父亲去世以后她第一次叹气。我怀着我们的孩子呢，她又说，装修的时候你去当监工！

　　装修公司提供了一张类似于旅行日程单的东西，看起来倒是一目了然。第一步是墙体的拆改。按照丽莎的设计，卫生间的门要换个方向。原来的门堵起来，另一边需要拆墙。第一天去了两个装修工，他们都是彪形大汉。他们先用电钻在墙上打眼。钻头找准砖缝，在刺耳的声音中不依不饶地掘进。担心损坏工具，他们在墙眼里喷了水，类似于血浆的浓稠液体在电钻的旋转中喷涌出来，血道子在下边的墙面上挂成了血帘。然后他们用锤子敲，不停地敲，一块破损的砖飞到我的脚下。然后他们换了锤子。他们使用的锤子像春晚小品里黄宏使用的锤子那么大。咚的一声，墙在颤，整幢楼，整个世界都在颤。咚的一声，豁口处有砖头和水泥的碎粒掉下来，晃动的墙面上泛起一片白光。咚的一声，我下意识地捂住了肚子。我感觉肚子里的某个部件急速地跌落。然后它又弹起来，然后又沉下去，蹦极一般，牵扯着它的是一根血肉模糊的绳子。拆改完墙，要对水电管道重新布局。换了两个装修工，他们的工具也变成了切割机。他们在墙面上画了线，抱着切割机，锋利的齿轮切开墙面后一直向前旋转。切完一道后又切一道，然后用锤子和錾子把两条线中间的水泥和砖头敲下来。那道斑驳的，还在延伸的伤痕看起来再难缝合。我听到自己呼哧呼哧地喘，肚皮紧绷绷地痒，似要撕裂。我感觉身上的某一根血管被切断了。我蹲下去咳嗽，头顶上弥漫着刺鼻的粉尘，火星子时隐时现。我跑到了屋外，砰的一声，屋门被楼道里强大的气流推搡回去。

晚上施工结束后，丽莎会过来验收一下。她终究还是对我不放心。第六天，她又发脾气了。我肚子里怀着我们的孩子呢，她说。我本来不想生气，她说，可你这监工怎么当的？也不是南水北调工程，电线槽子需要这么宽吗？你再看看给热水器的阀门留的这两个眼，它们一样高吗？你的眼睛怎么长的？谈恋爱的时候你就这样敷衍了事……丽莎喋喋不休，我本来想迁就她，没有能忍住。我说那你来监工呀，你以为我喜欢干这种龌龊事？我几乎是在吼叫，她吃惊地望着我。她说，龌龊？你什么意思，你给我说清楚！她的眼眶里转出来泪珠子。你给我说清楚，为了我们的孩子，我已经忍了你很久了！说着她的眼泪就流出来。我站在一堆建筑垃圾旁，听到了她哭的回声。第一次来看房子我就注意到了这种空洞的回声，像是声音的影子，像是另一个看不见的人在墙的另一面应答或者呼唤。

丽莎的眼睛哭肿了。我一直沉默着，后来她反倒安慰我。我知道你心里难受，她说。谁的父亲去世了也会难受，她说，问题是我们要把日子好好过下去，这就是生活。她还在抽泣。她又抓住了我的手，放到她小腹上。你摸一摸，她说，我们的孩子，我们的孩子一直在动，我昨天晚上梦到小家伙叫我妈妈了！她抓着我的手掌在小腹上移动，我努力抽回来。她突然间发出了骇人的尖叫。

医生说，问题不算严重，但丽莎还是需要保胎的。丽莎吓坏了，她说都是让我给气的。她想骂我，又不敢骂，我陪着她住进医院。她主要是打针、输液、卧床静养和观察。稳定几天后医生说我可以推着她到后院里晒晒太阳。春天来了，草地绿了，院子里有迎春花，太阳暖融融的。你这几天表现不错，丽莎说，将来要好好伺候我坐月子。树上的小鸟叽叽喳喳地叫，到处都是晒太阳的病人。如果时间能停下来，我们就这样在阳光下陪伴也是很幸福的，她扭头和我笑，这一刻她确实很妩媚。你喜欢男孩还是女孩？她问我，我说随便吧。条件允许的话我要再生一个，她说。我们在另一辆手推车前停下来，一个老太太推着一个老头，老头摇着手指和丽莎打招呼。他的头发快掉光了，满脸老人斑，有八九十岁了吧。不要紧吧，老头说，老太太探身帮他揩了一下鼻涕。我可没有病，丽莎赶紧解释。是孩子，我们的孩子没事的，她摸着肚子笑了。那你住在妇产科吧，老头也笑。我住在九楼，他朝住院部那边指，丽莎沉下了脸。老太太说，死老头子，这也是显摆的吗？老太太冲丽莎笑，丽莎摸着我的胳膊说，我们回去吧，天太热了。我便把她推回去。妇产科就在一楼，婴儿的哭声此起彼伏，两个挺着大肚子的女人在楼道里散步。真是个神经病，丽莎骂那个老头，没什么问题的话过两天咱们回家吧。我说好，回家。我把她送回房间，上完厕所后去了一趟九楼。九楼是肿瘤科，我是从楼梯走上去的。我在楼梯的转弯处听到有人哭，或者耳朵又出问题了。两个中年男人站在楼梯口抽烟，一看就是乡下人的打扮和做派。他们在商量要不要做手术，我听出来了。但我没有听清楚住院的是他们的父亲还是母亲。我停下来，他们狐疑地望着我。我转身往下跑，零乱的脚步踩着呼哧呼哧的喘息声。丽莎问我，你跑哪儿去了，你怎么出了这么多汗？其实我已经擦过了汗。我冲丽莎笑，她也狐疑地望着我。是不是在产科遇到初恋女友了？她和我开玩笑，我没有回应。生孩子的时候咱们还来这家医院吧，多少算个纪念。她把毛巾递给我，我捂到了脸上。

丽莎出院以后，装修又开始继续。她吸取了经验和教训，只是吩咐我，提醒我，为了我们的孩子她不想再生气。该动木工了，这一次来了四个男人，他们把一台笨重的电锯抬到了新房里，各种板材被锋利的齿轮一一肢解，嘶鸣声振动着锯末和污浊的空气，大小不一的钉子被射枪怦怦怦地射进木板，不清楚他们会不会在规定的时间内干完。我每天到新房两次。我觉得应该负责一些，以免丽莎不高兴。射枪把钉子射歪了，我要求拔出来再来一次。镶到电视墙上的木板出现了一指宽的缝隙，我要求重新对接。一位姓武的师傅说，大哥你也太认真了，其实这些都无关紧要，腻子会把它抹平，油漆工下一步会把一切都打理好。我听从他们的意见，好在丽莎几天都没有过来。晚上收了工，师傅们走后我把锯末扫到墙角，越扫越多，直到看起来像一座坟墓。天色暗下来，我没有开灯，坐在锯末上抽烟，经历了一整天的喧嚣后房间内如此安静。烟雾在暗色里隐隐约约地飘散，我恍惚看到了阳台上的父亲。我躺到锯末上，身体缓缓地沉陷。好些年了，父亲仿佛一直就是个若有若无的存在。除了过年的团聚，我很少和他联系。他总是沉默着，即便回老家去，除了几句客套话，我不知道和他说什么。我更不知道他糊里糊涂地想些什么。父亲虽然把我培养成了文化人，但他没文化。我确信我们父子间没有矛盾，没有隔阂，好像又有着巨大的矛盾和隔阂。我忽略了这种隔阂，好些时候把父亲也忽略了。好些时候我更像是一个没有父亲的人。卫生间响起了滴水声，新房内异常安静。我咳嗽了一声，或许是因为哽咽，然后我听到了另一声空洞的，甚至苍茫的咳嗽声。父亲的肺恐怕早就出问题了，但他还在抽烟。他站在阳台上，一边抽烟一边把烟雾赶到窗外。那样一种状态，他肯定抽不出烟的味道。我坐起来，突然想喊一声爹，这个称谓已经变得陌生了。爹——我努力喊出来，却什么也没有听到。父亲的葬礼上也是这样，我想喊出来，我想哭，但我一滴泪都没有流出来，泪腺仿佛已经枯竭。我掐灭了烟蒂，屋子里黑沉沉的，对面的楼上倒是闪耀着灯火。我还是想喊出来，真想喊出来，那种苍茫空洞的声音也许就是父亲的应答。我听到手机在响，刚才我把它放到电锯上，锋利的齿轮旁跳跃起鬼火一样的幽光。丽莎说，亲爱的，还没有收工吗，我们娘俩等你回来吃饭。

事实上，丽莎还是对我不放心。木工结束以后，她来验收了，这就像忽略了平时的摸底考试而把重点放在一锤定音的大考上。这么说，我这个监工的作用接近于多余。但丽莎学会了不生气。她仔细地审验，一条一条记下来。她有合同，直接和装修公司的老板谈判去了。这个不行，她说。这个也不行，她说。这个更不行，她说，尤其是玄关，太不像话了。她怕我伤自尊，晚上又安慰我。老公，其实你的作用还是很大的，起码没有出现大的纰漏，她说。老公你知道吗，好些装修工心理不平衡，他们买不起房子，偷偷摸摸搞破坏，事后发现就迟了，她说，更像是警示我。然后她就给我讲起了玄关。玄关对于整个装修实在是太重要了，它就像一个人的门脸，有谁能不注重自己的门脸呢？

之前我还不知道玄关，还以为玄关是某一个网络游戏里的专属名词呢。丽莎说，玄关本来指的是佛教的入道之门，不清楚怎么回事，后来人们就把房子一进门那块地方叫作玄关了。它可是开门后的第一道风景，是乐曲的前奏，故事的序幕，总之是一个家庭的品质与品位一下子就传达出去了。她讲得很严重，好像我们的房子里装满了故事。因为装修工的"粗制滥造"，她把玄关的设计方案临时进行了调整。她要求把卫生间那面墙的墙根削进去三厘米。

别看是三厘米，她说，摆上鞋柜后效果绝对不一样。她要求吊顶体现一种江南水乡的灵秀与通透，以便与玻璃屏风形成呼应。她要求换两个装修工返工，但不同意加钱。回家的路上她和我说，老公你放心，看起来我和他们吵得很凶，但我不生气，为了我们的孩子我坚决不生气。她挽着我向前走，肚子还没有显出来，准妈妈的姿态却已经拿捏出来了。老公，你还是要盯紧点，她说，为了我们的孩子。

但我不想盯紧点。我不想去监工，不想面对那些锋利的工具和粗暴的操作。丽莎在睡梦中发出了笑声，她八成又梦到了我们的孩子，而我梦到的是自己的父亲。父亲在烟雾中影影绰绰向我走来，他在哭，或者在笑。他的光头上顶着一片枯黄的落叶。他站在门外左顾右盼，化成一缕青烟。第二天早晨丽莎醒来后我和她商量，既然法院今天对肇事者进行审判，我还是过去一趟吧。丽莎说，民事赔偿已经了结了，不是说好不去了吗？我不吭声，她又说，我是怕你伤心，怕你见了肇事者情绪激动。我不吭声，她又说，过去谴责一下那个无良的大学生也好，顺便连他父亲也谴责一下。

我来到法院门口后并没有进去。马路对面有一条巷子，巷口修理自行车的老头摆着棋摊，聚拢了不少人气。后来我也走过去看，一群撅着屁股的老头遮挡着我的视线。下棋的一个老头和一个旁观的老头争吵起来，我想起来小时候父亲曾给我讲过观棋不语的道理。父亲唯一的爱好就是下棋，也只有下棋的时候才会多几句嘴。他的道理是，作为旁观者是没有资格指手画脚，说三道四的。我回忆起父亲说话时候的神态，那时候他还年轻。他几乎在眨眼间老下来，话越来越少了。这么多年了，我很少和他坐下来说说话，那分明是一件尴尬的事情。这么多年了，我好像很少和谁推心置腹，好像是生活中的一个旁观者。吵闹声很快平息下来，然后是漫长的静寂，我仿佛听到了时间流淌的声音。我往马路对面看，法院猩红的大门上爬满了蜘蛛一样的圆钉，如一堆锋利的眼睛注视着我。其实我真想到庭审现场去看看那个肇事者。如果他速度稍稍慢一些，父亲绝不会倒在他的车轮下。就算父亲查出来不治之症又怎么样，他同样是肇事者，同样是杀人犯，没有哪条法律规定他可以因此减轻罪责。我好像冲动了，就像丽莎说的那样，谴责一下那个无良大学生和他的父亲有什么不好呢？我往马路对面走，车流如梭，没有哪一辆肯在斑马线前放缓速度，除非我冲上去。我听到了刺耳的刹车声，面前泛起一片血光。

中午回家后丽莎说，老公，打电话你怎么不接，我一直在操心你。我不吭声，她又说，事情总算有个了结了。她准备了几道菜，我没有食欲。她又搂着我，后来还是忍不住说起了玄关。她和我商量，想把将来的玻璃屏风改成实木镂空的。主要是为了孩子，她说，万一地震呢，我是担心玻璃会碎。我表示同意，她笑了。老公，上午装修公司没有把人派过去，经理说下午一准有人去，吃了饭你过去看看吧。

我便去了。我一路走过去，漫天的柳絮在面前缠绕。我没有想到打开房门后会看到肇事者的父亲，那个谢顶的六十来岁的男人。他蹲着，穿着笨重的蓝色工装，正在用錾子和锤子对付着墙面。丽莎要求将这面墙的下边削进去三厘米。他抬头冲我笑，一缕花白的长头发从后脑勺耷拉到耳边，然后他的神情凝固了。是你？他说。他面对着墙缓缓地站起来，身体向前倾，一只手扶着腰。我确认他的身份后有那种如梦似幻的感觉。上午他肯定到法院了，我没有在法庭上与他会面，却在自己家里与他不期而遇，这也算人生中一种必然的相遇吗？我下意识地往后退，又觉得不应该退，我不知道该说什么。他一只手里还拎着锤子。他把另一只手抬起来，又放下。这块叫玄关的地方如此逼仄，我们之间的距离不会超过一米。对不起，他说，我没有想到，这是你的新房。他弯下腰把锤子谨慎地立在墙角，扭过身又冲我笑。他笑得如此别扭，吃力。对不起，真的是对不起，他说。他的声音还是那样嘶哑，局促，分明在讨好我。他好像瘦了，或者是身上的工装太过于肥大。对不起，真的是对不起，他说，那个小畜生，他借同学家的车是到车站接他的女朋友。他和他的女朋友吹了。他妈现在还病着。对不起，我不是那个意思，我是说没有想到这是你的新房。我和装修公司说一下，我不会要你的工钱，或者我领到工钱后退给你……他垂下头，断断续续地喃喃着，接近于自言自语。他的样子像一个精神病患者。我还是不吭声，他终于蹲下去，又开始对付那面墙。他用锤子敲了两下錾子，又把头抬起来。这时候我看到他塌陷的眼眶里储满了泪。对不起，他又说，那个畜生，他不光毁了别人，他把自己也毁掉了……他呜呜地哭了起来，嘶哑破败的哭声在房子里盘旋。于是房子也哭起来，尽管我知道那是墙壁的回音。我站在这个叫作玄关的地方，一动不动地望着他，这个痛哭流涕的父亲。我真想劝劝他，但还是不知道说什么好。有一瞬间，我产生了上前拥抱他的冲动。他又开始用锤子和錾子敲打墙面，一边哭一边敲打。现在，他也许是在为他的孩子哭。现在，我的孩子正在他妈妈肚子里茁壮成长，他是个男孩吗？等他长大后他肯定会问到他的爷爷。某一天酒后失言，我也许会告诉他，这栋房子是他爷爷留下的，这栋房子就是我的父亲。

屋顶的掌纹

老秦家的屋子盖起来后，晚生待在屋顶的时间更长了。奶奶扶着梯子在院子里喊他："晚生，下来吃饭！"他不搭理奶奶，过了一会儿奶奶又喊："晚生，天黑了，你爹打回电话来了！"晚生知道奶奶又在骗他，昨天她说的是妈妈。"我靠，烦死了！"他嘟囔了一声，站起来，将手里的粉笔头甩出去。

粉笔头落到老秦家的屋顶上后打了个弯，停留在了离晚生最远的那个屋角。晚生跨过密密麻麻的粉笔字，来到了老秦家的屋顶上。晚生家的屋顶到处都是疤痕，还歪七扭八苫着两块丑陋的油毡，老秦家的屋顶却鲜亮平整，暮色里浮着一层蓝幽幽的光。晚生的步子迈得很慢，走过去捡起那个粉笔头，顺势蹲了下来。他把左手摁下去，严丝合缝地盖住了那个镶嵌在水泥平面上的掌印。然后，他用右手捏着粉笔把左手圈起来。抬起来左手后迟疑了一会儿，还是把那个白色的印痕擦掉了。"晚生，你给我下来！"奶奶的声音再次飘起来，他听到了手掌与水泥平面细碎的摩擦声。

晚生背着书包从梯子上下来后奶奶果然生气了。

"晚生，你每天都往屋顶上爬，到底在干什么？"

"做作业！"

"屋子里有狼呀，还得爬到屋顶上做？你的手怎么了？"

奶奶想把晚生的手扯过去，晚生圈到了屁股后边。"流血了，白血。"他没好气地说。

"白血？天呐，你是不是得了白血病？"奶奶呼喊着，晚生跑进了厨房。

奶奶并没有追进厨房，晚生抓着两个包子出来，奶奶已经在她屋里给晚生爹打电话了。"王保柱，你快回来吧，你儿子得了白血病了……肯定是白血病，他的手流白血呢……你还笑，出什么事我可担待不起……"

晚生嚼着包子听奶奶打电话，忍不住笑了。

"奶奶，你是想我爹了吧，你真以为得了白血病就会流白血？"奶奶从屋里出来，晚生问。

"他不想你我就不想他，没良心的东西！"奶奶拽过晚生的手摸了摸，晚生已经把"白血"吃到肚子里去了。

"奶奶你总咒我干什么，不怕我真的得了白血病？"

"呸，我得一百次白血病也不能让我孙子得，你是不是跑到老秦家屋顶上去了？"

晚生耷拉下了脑袋，奶奶一条腿有毛病，血压也高，该不会爬到梯子上监视他吧？

"老秦家太不像话了，也没有人住，还要盖房子，还要垒墙……"

奶奶从屋檐下拎起一把锤头，颠簸到隔墙下捣了起来。

"奶奶，别捣了，你捣不塌的！"

"老秦家还欠着咱们家五斤米，那个老不正经……"

"那个老不正经不是早就死了吗？"

"可秦玉贵还活着，父债子还，父债子还……"

奶奶的动作越来越疯狂，可就算再疯狂，她怎么可能将这堵厚实的红砖墙捣塌呢？她呼哧呼哧地喘息起来，看起来不像是捣墙，倒像是颤着身子三心二意地给人捶背。

还不如坐在墙根下哭呢，晚生想，孟姜女不是把长城哭倒了吗？

老秦家和晚生家的隔墙原来是泥坯墙，风雨剥蚀，从晚生记事起已经光秃秃的矮下来。奶奶养的鸡时常会从那个三角形的豁口处飞过去，后来晚生也往过翻。豁口下边还有一道砖头厚的裂缝，晚生的脚脖子有时候会被卡住，后来根本卡不住了，连奶奶都可以翻过去。

老秦家的院子比晚生家的院子大，杂草遍布，一棵老杏树死掉了，一棵老榆树春天的时候只有最下边那根树枝上会发出新芽。但院子里还长起许多小树，除了榆树和椿树，院门洞旁边还冒出来一棵桑葚。两年后桑葚就长高了，最上边的枝梢攀上了墙头。但又过了两年，桑葚还是没有开花结果。晚生清理掉了桑葚树周围的杂草，还在树下拉过三十二泡屎，但它还是不懂得开花。

晚生并不记恨那棵桑葚树，这个荒芜的院子陪伴着他的童年。他行走在茂盛的杂草中，像步入了迷宫，像某一个电影里的男孩驾着小船穿梭在芦苇荡。尤其是春天，隔年的枯草还没有倒下去，地面上却蠕动起新绿。他小心翼翼地游走，蹲下来抚摸那些小草，那种感觉美妙极了。小草渐渐长高，他躺在上边，微风搅动着身边的枯黄，树上的麻雀叽叽喳喳地叫。当然不止麻雀，他还看到过黄鹂鸟，一群鸽子时常飞翔在云朵下边。他还从田野里捉回两只蛐蛐放养到了院子里，还有蚂蚱，雨天里甚至跳出来一只绿皮青蛙。有两次他躺在绿草上睡着了，奶奶站在豁口处呼喊他，他睁开眼睛，黄昏里的声音感觉十分遥远。有时候他的脸上会落下一团鸟粪，他擦到手背上，嗅到的是黄梨汁发酵以后甜腻腻的酸味。

晚生越来越喜欢这个废弃的院子。他喜欢院子里的每一朵花，每一棵草。他喜欢用小刀把身高刻在树干上。一年一年过去，他果然长高了。但去年冬天他犯了一次错误，不小心把院子里的枯草点着了。火苗噌的一下蹿起来，他跑到那棵桑葚树下不知所措。尽管风把排山倒海的火苗推向了一边，他还是吓哭了。他以为自己将要葬身于火海。后来奶奶也哭，奶奶从豁口翻过来，以为他被烧死了。奶奶骂过他后又安慰他："老秦家的院子不怕烧，他家还欠着咱们家五斤米！"但他一直哭，一直颤抖。枯草燃尽，整个院子里只剩下空荡荡的黑，闪着幽光的灰烬。他觉得那就是死亡的颜色和形状。他目睹了一场大火的死亡。他害怕了，而且病了一场，爸爸妈妈远路风尘跑回来看他了。

过了一段日子晚生就不怕了，但他还是有一种失落。

十几个人见证了那场虚张声势的火，他觉得自己的秘密被烧掉了。他也说不清自己在这个院子里藏着什么秘密。他一个人在院子里玩耍、游戏、发呆，这些能算是秘密吗？整整一个冬天，他再没有到过这个废弃的院子。奶奶用两捆谷草将那个三角形的豁口堵上了，那道裂缝里还塞了一个漏了洞的夜壶。放学回家，走进巷子后他要路过老秦家的院门。那两扇破门上挂着一把锈迹斑斑的大锁头，门板上有好多馒头大的洞，最大的一个洞甚至有西瓜那么大。他忍不住往里边瞅一眼，脑海中呈现出无边无际的黑色灰烬。

好在春天的到来不可阻挡。绿草覆盖了灰烬，有一天他终于移开了那两捆谷草。他的眼前闪过一片亮色，满目的新绿让他见识了没有枯草的春天。故地重游，他突然间对那三间残破的老屋心生厌倦。屋檐折下来，窗户早就变形了，玻璃压破了，在他眼里，这三间黑乎乎的老屋就像是瘫痪的乞丐。他觉得它们不应该离春天这么近，它们厚颜无耻地守望着春天。睡梦中，他用一把芭蕉扇把它们扇到爪哇岛去了。

这个春天奶奶也来到了老秦家的院子里。奶奶好像看出了他对那三间屋子的不满。奶奶踩着砖头，趴在窗户上往里边看，她的这个动作晚生太熟悉了。"奶奶，你又看到了什么？"晚生问，其实他以前也看过若干次。奶奶扭回头来叹了一声气。"那个老不正经死了十八年了……"晚生知道奶奶说的那个老不正经叫秦万福，破损的墙上挂着两只镜框，秦万福好像就待在一只镜框里。这么多年了，他已经被灰尘遮盖起来，奶奶又怎么能看得见？

晚生当然没有见过真正的秦万福，连他的儿子秦玉贵也没有见过。"奶奶，秦玉贵为什么不回来收拾收拾他家的屋子，他家的院子为什么总是空着呢？"晚生忍不住又问。奶奶从砖头上下来，喘了两口气，突然间生气了。"秦玉贵在城里盖了那么多楼房，还在乎这几间老屋吗？他可是大老板，他把老屋当成了他爹的坟墓……"

奶奶越说越生气，还颠簸到门前踹了一脚，成群结队的灰尘从她眼前落下来。晚生不清楚奶奶为什么发这么大的脾气。他听村里的老光棍赖伍说起过他家和老秦家的纠葛，当初奶奶是准备嫁给秦万福的，后来却嫁给了哑巴一样的爷爷。有一次，爷爷举着菜刀差点儿把秦万福给砍了。就算赖伍说的是真的，这么多年了，奶奶有什么道理发脾气呢？她是痛恨秦玉贵不回来收拾他家的院子吗？秦玉贵莫非真的把老屋当成了他爹的坟墓？晚生趴到门上往里边瞅了瞅，突然间又害怕了，奶奶时常拿鬼来吓唬他，他拿不准世界上到底有没有鬼，有没有鬼魂？如果有，秦万福那个老不正经的鬼魂会不会真的待在这间破屋里？他想起来，有一次老屋里传出一种类似于咳嗽的声音。他扶着奶奶从豁口回到自己家院子里，好长时间没有再翻过去。这个春天，他觉得自己长大了。

然后夏天来了。有一天中午下学后，晚生刚走进巷子便听到了乱糟糟的声响。老秦家那两扇破损的院门拆卸了，院子里站着十几个穿着迷彩服的彪形大汉。他们正说笑着清理院子，那些榆树、椿树，连那棵桑葚树都被砍掉了。晚生愣了愣神，撒腿跑回了家里。"奶奶，他们要干什么？"晚生喘着粗气问，奶奶正坐在屋檐下发呆，两只眼睛和死了一样。"奶奶，他们要干什么？"晚生又问，奶奶突然间抓起身边的脸盆，扔飞盘一样扔了出去。"老秦家要盖屋子，他们要盖十八层地狱……"

老秦家盖屋子的那些天，奶奶像得了精神病。奶奶拖着一条腿在院子里走来走去。奶奶不小心摔碎了两只碗。奶奶做饭的时候，把碱面当成盐撒到了锅里，幸亏被晚生发现了。奶奶还举着扫把追赶一只鸡，并且以这只鸡为借口，在那些彪形大汉拆掉隔墙的那天和他们吵了一架。等到一堵结结实实的红砖墙垒起来，挡在两个院子中间，奶奶就变得沉默了，就像爷爷待在家里的时候一样沉默。有一次，晚生还看到奶奶哭了。奶奶拉着他的手说："晚生你知道吗，老秦家还欠着咱们家五斤米……"

奶奶异常的表现让晚生有些操心，他想打电话告诉爸爸妈妈，但并没有这么干。爸爸妈妈打回电话来，好像也没有发现奶奶有什么不正常。既然这样，晚生也就觉得没什么大不了的，用不着替奶奶操心了。放学后，晚生便爬到屋顶上看热闹。那伙彪形大汉拆掉了老秦家的院门洞，开进去一辆挖掘机，晚生见证了墙倒屋塌。轰隆一声，灰尘冲天而起，他吓得闭上了眼睛。他把眼睛睁开，整个世界都灰蒙蒙的，这个陪伴他童年的院子已经被倒塌的屋子埋藏了。他揉了揉眼睛，眼角突然间涌出来两颗泪。

晚生盼望着老秦家的新屋能快点儿盖起来。三间老屋已经变成了一堆垃圾，晚生忍不住又想到了鬼魂，如果秦万福的鬼魂真的在屋里，会不会被压死呢？他很快就把这个问题抛到了脑后，老秦家盖屋子的场面太热闹了，他不由自主地喜欢上了这种热闹。他站在屋顶上，眼睁睁地看着三间新房生长起来。院子那么大，为什么还是盖三间，秦玉贵不是大老板吗？他又产生了疑问，很快又把这个疑问抛到了脑后。搅拌机发出刺耳的轰鸣，院子里堆着的砖头、水泥和沙子越来越少，墙体一天比一天高。后来还来了吊车，那玩意儿比挖掘机都有力气，一块一块的预制板被它吊到了墙体上。后来又运来了门窗，地板砖，连铁皮院门都运来了。晚生望着那两扇高大结实的铁皮院门想，秦玉贵不愧是大老板，这两扇院门多气派呀！施工的过程中，秦玉贵回来过没有？反正他没有看到过。

　　浇铸屋顶的那天是个礼拜天。一大早，晚生就听到了屋顶上传来的聊笑声。晚生还想爬到屋顶上，奶奶却在她的屋子里喊他，跑进去后他发现奶奶生病了。奶奶哼哼唧唧的，额头上挂着汗，他给奶奶倒了杯水，还跑到卫生所买回来两袋伤风胶囊。"我们家晚生懂事了。"奶奶摸着晚生的手表扬他，晚生又去给奶奶煮了一包方便面。"我们家晚生真的懂事了！"奶奶又表扬他，他耷拉着脑袋。"晚生，让奶奶抱抱你！"奶奶从床上爬起来，把晚生揽入怀中。奶奶身上的气味不太好闻，晚生想躲开。他已经长大了，不喜欢奶奶这样结结实实地抱。他想把奶奶的胳膊分开，奶奶却哭了。"晚生，你是不是又想爬到屋顶看热闹，奶奶抱抱你怎么了，你个没良心的东西！"奶奶抹着泪，晚生不好意思从她怀里挣出来。"盖屋子有什么好看的，将来你也当个大老板，在咱们家院子里盖个小二楼，咱们才不稀罕老秦家的破院子呢！"奶奶这么说，晚生点了点头，长大后他也想当个大老板。他突然间想问问奶奶秦玉贵长什么样，奶奶哇的一声又哭了："晚生，你知道不？秋天开学后你爹就要把你接走了！"晚生并没有感到吃惊，这件事爸爸妈妈在电话里都曾经和他说过。好些时候，他甚至对那个遥远而陌生的城市十分向往。但奶奶还在哭。奶奶的鼻涕和眼泪沾到了他的脸上。"奶奶，我要走了，你怎么办？"晚生提出了一个现实的问题，她觉得奶奶需要有人照顾的。老秦家开始盖屋子后，奶奶一天比一天老了。即便老秦家不盖屋子她也在一天一天老下来。他和奶奶在一起不光是奶奶照顾他，他也在照顾奶奶。"王保柱说让你把你爷爷换回来，"奶奶抽泣着说，"我不要那个哑巴，我要和我的孙子在一起，我死也不离开这个家……"

奶奶总算是不哭了，晚生又给奶奶倒了杯水，她喝了两个伤风胶囊躺到了床上。屋顶上的喧闹声不断传来，晚生抵挡不住这种诱惑。奶奶还是哼哼唧唧的，晚生把盖在她身上的毛巾被整了整，蹑手蹑脚地出了屋门。他在屋门前停顿了一会儿，拿起扫把在屋檐下扫了起来。他发现奶奶摔过的那只脸盆底子鼓起来，用锤子把它捣平了。然后他爬上了梯子。

老秦家的屋顶上已经铺了厚厚的混凝土。那伙彪形大汉都蹲下了，正用铲子和泥压抹着水泥。晚生握着梯子最高的那个横梁，探着脑袋看了很长的时间。他突然间听到了奶奶的咳嗽声，脚下一软，使劲把横梁抓住了。他怕掉下去，以此为理由爬到了屋顶上。那伙彪形大汉起初并没有注意他，他悄无声息地望着他们忙碌，听他们说笑。有一个大汉提到了秦玉贵，骂他不是东西，另一个反驳，秦老板人还是不错的，什么时候拖欠过工资？他又想象秦玉贵的样子，屋子都盖起来了，怎么还不见他回来呢？他往老秦家的院子里瞅，已经不那么拥挤了。但他没有看到一丝绿意。突然间，骂秦玉贵的那个汉子冲他喊："小孩儿，你干什么，过来！"他愣了愣神，那个汉子蹲在屋角，和他爸爸长得有点像，好像又不像。"嗨，你过来呀，你想不想在屋顶上留个手印？"他迟疑，好多人笑起来，不清楚他们为什么笑。"过来呀，等会儿我给你吃包子！"晚生当然不是为了吃包子，他已经长大了。他踩着老秦家的屋顶向汉子走过去。他踩在湿津津的混凝土上边，一步一步迈出去，感觉在不停地沉陷。他明白汉子叫他过去干什么了。他又迟疑了一会儿，像汉子一样蹲下去，汉子抓着他的左手摁在了光滑潮湿的水泥平面上。他以为汉子在和他开玩笑，等他离开后，他会用泥压把他的掌印抹平。但第二天他爬到屋顶上，远远看见他的掌印还在呢。

晚生记挂着留在屋顶上的掌印，每天都会爬上去看一看。现在，老秦家的屋顶已经干透了，他的掌印还在。他甚至看清楚了几道细密的掌纹。他每天都会蹲下来，用左手覆盖它。他不清楚自己为什么总要这么干，总之他已经上瘾了。他为此脸红过，好像这是一个见不得人的坏毛病似的。他从学校偷偷地带回来了粉笔。为了戒烟一样戒掉这个坏毛病，他在老秦家屋顶和自己家屋顶的中间划了一道线。他在自己家的屋顶上写了好多好多的字。李玉婷，张清伟，王海花……，这些都是他们班同学的名字，李玉婷和张清伟上学期已经跟着爸爸妈妈走了，他们班只剩下十三个同学。他喜欢王海花，还在她的书包里塞了一张纸条，但王海花最近不情愿搭理他了。他真的是写了好多好多的字：南方，火车，奶奶，黑猫警长，树上的鸟儿成双对，时间都去哪儿了，小二楼，大老板，秦玉贵……他家的屋顶都快被他写满了，像是落了一层霜。他甚至给那两块丑陋的油毡画上了眼睛和翅膀，他又往老秦家的院子里瞅，屋子盖起这么久了，那个叫秦玉贵的男人为什么还不回来呢？老秦家的院子还会继续闲置下去吗？

晚生放了暑假以后，奶奶几乎每天都要哭一次。奶奶问晚生："晚生，你走了以后会想奶奶吗？"晚生说："想。"奶奶又问："你会给奶奶打电话吗？"晚生说："会。"奶奶又问："奶奶死了以后你会回来给奶奶上坟吗？"晚生说："会。"奶奶总这么问，晚生快烦死了。晚生觉得不应该和奶奶生气。晚生待在屋顶上的时间越来越长了。老秦家的院子里铺上了红砖，院子中间还垒了一个圆形的花坛，但花坛里一朵花也没有。晚生爬在屋檐上仔细地看，终于看到花坛里长起几株瘦弱的绿草。是的，墙根下也有小草露头了。他有些激动，可是，这又有什么好激动的？他想起了那棵不懂得开花的桑葚树。他爬起来，又回到那个掌印前，左手小心翼翼地摁了下去。

这一天午后，天阴沉着，晚生躺在老秦家的屋顶上睡着了。他不记得做了什么样的梦，醒来的时候隐隐约约听到了雷声。天可真大，他感觉自己离云层很近，甚至像躺在云层中。云是静止的、昏暗的，零乱地纽结成一块碗底，整个天空像一只岩灰色的大碗扣下来。雷声再次隐隐约约地传来，晚生坐了起来，是要下雨了吗？他准备离开老秦家的屋顶，从自己家的梯子攀下去。他往自己家的屋顶走的时候确信听到的不是雷声了，是幻觉吗？或者是刚才梦中遗留下来的声音？他又往屋檐那边走，类似于雷声的声音再次传来，怎么像是从老秦家的院子里飘起来的呼噜声呢？他吓了一跳，又想到了鬼魂。那三间破旧的老屋已经拆掉了，秦万福的鬼魂难道又住在了新屋里？呼噜声异常清晰地响起来，他听到了自己的喘息声。他往院门洞那边瞅，天哪，那两扇高大结实的黑铁门好像开着一道缝，是有人来到老秦家了吗？那个叫秦玉贵的男人回来了是不是？

从梯子上下来的时候，晚生的两条腿一直在抖。但他还是飞快地跑出了院门，证实了老秦家的黑铁门果真张开了一道缝。这么长时间了，老秦家的院门一直紧闭着，晚生想冲进去。晚生跑到了巷口，看到村路上停着一辆黑色的越野车，一下子就放心了。其实，就算看不到这辆车，他又有什么不放心的呢？光棍汉赖伍突然间从越野车后边站起来，把晚生吓了一跳。赖伍说："晚生，这是谁的车你知道吗？"晚生说："不知道。"晚生想走，赖伍抹了一把鼻涕，弹在车窗上。"赖伍你干什么？"晚生突然间发脾气了。"你管我干什么？又不是你家的汽车。"赖伍说。"是秦玉贵的！"晚生喊了出来。"秦玉贵也不是你爹！"

赖伍又抹了一把鼻涕，晚生扭身跑回了巷子。

晚生想跑到老秦家去，站到两扇黑铁门前却害怕了。他也不知道为什么害怕，害怕什么。他跑回了家里。奶奶这一段时间正常多了，但她每天还会哭一次。奶奶又在屋里纳鞋垫，她已经给晚生纳了五双，一双比一双大，叠在一起像是类似于套杯的玩具。"奶奶，秦玉贵回来了！"晚生一进屋门就喊，奶奶吃惊地抬起了头。"奶奶，秦玉贵回来了，老秦家的院门开了！"他又喊，奶奶猛地站了起来。"回来就回来，我不怕他，他家还欠着咱们家五斤米！"奶奶叫嚷着，手里的鞋垫不停地抖，晚生不清楚她为什么这么说。"他家还欠着咱家五斤米！"奶奶用更高的声音重复了一句，突然间又哭了。"晚生你个没良心的东西，奶奶死了你肯定不回来给我上坟，你帮我再纫纫针呀……"奶奶念叨着，晚生搞不懂她的逻辑。他还想让奶奶陪着他到老秦家的院子里走一遭呢。

帮奶奶纫好了针，晚生来到院子里的时候看到隔墙上站着两只鸡。晚生挥了挥胳膊，想把鸡赶到老秦家的院子里，但两只鸡咕咕叫着，就是不肯飞下去。晚生来到巷子里，老秦家的院门还是开着一道缝，他还是不敢走进去。他又来到巷口，那辆越野车还在，赖伍却不见了。赖伍弹到车窗上的鼻涕已经风干了，他捡了一根柳棍，谨慎地将一块鼻涕挑了下来，然后把柳棍扔掉了。他在巷口蹲了下来，望着这辆黑色的越野车。这是一辆丰田车，他认识车上的标志，值多少钱他可不知道。他蹲了有半个小时，后来又跑回了家里，爬到了屋顶。他把耳朵贴到老秦家的屋顶上听了听，呼噜声果然还在响。天越发阴沉了，他突然间操心起来，会不会下起大雨呢？他听到奶奶喊他，又从梯子上爬下去了。"晚生，你爹还没有把你接走你就不听奶奶的话了，你个没良心的东西，奶奶想让你捶捶背……"奶奶唠叨着，晚生耐着性子对付她。奶奶越来越不讨人喜欢了。等他再次溜出去，老秦家的院门已经严严实实地合上了，巷口停着的那辆越野车已经不知去向。

那一天是礼拜天。后来晚生总结出来了，那个叫秦玉贵的男人每个礼拜天的午后都会回来，在屋里睡上三四个小时，然后便离开了。晚生已经熟悉了秦玉贵的呼噜声。晚生躺在屋顶上，秦玉贵的呼噜声此起彼伏地飘上来，找到节奏以后感觉更加响亮了。找到节奏以后晚生也闭上了眼睛，他假装也打起了呼噜，与下边的呼噜声呼应着。可是他为什么要这么干？提出这个疑问，他的脸又烫起来。但他忍不住继续往下想，那个叫秦玉贵的男人躺在屋里打呼噜，他在屋顶上打呼噜，这是多么有意义的一件事情呀！如果像变魔术一样将屋顶抽去，那就更有意思了，说不定他刚好躺在秦玉贵的正上方呢！

晚生并没有满足，他还是想和那个叫秦玉贵的男人会个面。呼噜声停下来，秦玉贵拎着皮包从屋里出来，快步往院门前走，他把秦玉贵的背影看清楚了。其实他也没有看清楚，他只是看出来一个高挑瘦弱的背影。他慌乱地缩回了身子，铁门合上以后才又把脑袋举起来。秦玉贵不是大老板吗，他怎么会这么瘦呢？

秦玉贵第四次回来的时候，晚生躲在自己家的院门洞里正面看到了他。但晚生还是没有看清楚。秦玉贵越走越近，晚生又把脑袋缩回去了。秦玉贵在黑铁门前停留了好长时间，晚生把半个脑袋探出去，他好像在找钥匙呢。他穿着雪白的衬衫，戴着眼镜，翻过裤兜后又从公文包里翻，晚生听到了自己剧烈的心跳。晚生想，如果他找不到钥匙怎么办？他会走吗？或者来自己家院子里，从梯子上爬上屋顶，翻到他家院子里？

晚生多虑了，秦玉贵找到了钥匙，黑铁门吱吱呀呀打开了。晚生长吁了一口气，像是惋惜，更像是放心了，踏实下来。这一次，两扇黑铁门留了一尺宽的缝，晚生来到近前，忽然间觉得这道缝是为他留的。他完全可以在不接触铁门的前提下侧身进去，秦玉贵会欢迎他吗？他在两扇黑铁门前停顿着，探进去半颗脑袋，慌忙又缩回来了。他看到巷口落着一张纸片，跑过去捡起来，是家电下乡的宣传海报。他用这张生硬的纸片叠了一个飞机，试飞了五次都没有飞过老秦家的院墙。他只好让飞机从那道一尺宽的门缝里飞进了院门洞。不，飞机根本就没有起飞，是被他扔进去了。这下好了，他准备堂而皇之地把飞机捡回来，但他还是没有走进老秦家的院门洞。他突然间想哭，甚至很愤怒，撒腿跑回家里，又爬到屋顶上了。

晚生又听到了熟悉的呼噜声。是的，秦玉贵的呼噜声他已经熟悉了。他渐渐平静下来，闭上眼睛作出了呼应。他同样搞不清楚，一旦听到秦玉贵的呼噜声，为什么自己很快会平静下来，并且同样是恹恹欲睡？阳光浓烈，他的额头上淌着汗，浑身都被汗水浸透了。他翻过身来，爬在屋顶上，躲避着阳光。他用左手覆盖了那个掌印，呼应着屋顶下的呼噜声睡着了。这段时间，他缺失了太多的睡眠。

晚生醒了过来。他好像是被梦里的什么声音吵醒的。他揉了揉眼睛，眼角好像挂着汗珠，又像是泪，他在梦里哭了吗？他感觉到了身体的酸困，翻身坐起来，面前居然站着一个男人。他吓坏了，想站起来跑，又觉得不应该跑，这个男人分明就是秦玉贵。秦玉贵不是在屋里睡觉吗？他怎么跑到屋顶上来了？晚生清醒过来，想起来老秦家的墙根下确实横着一架梯子。他不敢看秦玉贵，看到那个掌印后偷偷地用他的左手覆盖起来。

"你是谁家的孩子，怎么爬到屋顶上了？"秦玉贵笑着问。也许是因为戴着眼镜，他的笑容让晚生感到亲切。陌生而又亲切。

但晚生还是没有敢回答。

"你是不是保柱家的孩子？你和保柱长得挺像的。"秦玉贵又说。

晚生点了点头，他觉得无论如何该有所回应了。

"你怎么跑到屋顶上睡觉，不怕掉下去吗？"

晚生摇了摇头。

"我像你这么大的时候也经常在你家的屋顶上睡觉。"

晚生又点了点头。

晚生觉得自己不应该只是摇头或者点头，他应该说句话了。

"你，翻盖屋子，就是为了，每个礼拜回来睡一觉吗？"晚生咬了咬牙，吞吞吐吐地讲出了困扰他的这个疑问。

"我在城里睡不着，一回来睡得和死猪一样，这么多年，我差不多快把老屋忘记了，老屋虽然拆了，但根基没有动，地气还在。"

秦玉贵摘掉眼镜，揉了揉眼睛，望着某一个遥远的地方。

晚生又愣住了。晚生好像听不懂秦玉贵的话，城里怎么就睡不着呢？是不是因为马路上跑着的汽车太多了？如果他到城里，会不会也要失眠？

这个问题晚生没有问秦玉贵。他擦了一把汗，不小心把左手抬了起来，秦玉贵看到那个掌印后皱起了眉头。

"你的？"秦玉贵来到晚生身边，蹲了下来。

晚生慌乱地点了一下头，秦玉贵是要怪罪他吗？

"把你的手放上去让我看看？"秦玉贵说，晚生只好又用他的左手覆盖那个掌印。

"我也来试一试！"秦玉贵笑了笑，晚生抬起了手，他把自己的手盖上去。

"你很快就长大了！"秦玉贵说，像是在感叹，晚生一动不动地望着他。晚生突然间有了一种倾诉的欲望。他想告诉秦玉贵，他也要离开村庄，到城市读书了。他甚至想把留在老秦家院子里的秘密告诉他。他在院子里玩耍、游走、发呆，算不算是秘密呢？他还想问一问秦玉贵那辆越野车值多少钱，问一问他住在城里究竟为什么睡不着觉？

晚生还没有开口，他家的院子里又飘起来奶奶的呼喊声。"晚生，你给我下来，你爹回来了！"

然后晚生听到咚的一声，是奶奶举着锤子又在捣墙吗？

佛珠的礼遇

那是个大脑门的女孩子，毛发稀疏，老头子抱着她闯进来，她一直在哭。跟在后边的老太太说："医生，求求你，孩子把一颗珠子吞下去了！"

当时是晚上十点半，我正和女朋友马小丹聊天。她在北京，距离我三百五十公里。再过两个礼拜，她就要到俄亥俄州一家医科学校进修去了。我考虑还有没有必要去送送她。"你太消沉了，"她说，"走以前我希望咱们能在咖啡馆聊一次。""可我不喜欢咖啡馆，"我说，"有人来就诊了。""你是个懦夫，你在逃避！"她说，我站了起来，电脑屏幕上奔跑着一连串惊叹号。

半个月前我刚从北京回到凤城。我加盟了这家诊所，晚上就住在这里。孩子还在哭，我想把她接过来，老头子不肯松手。"医生，求求你……"老太太又说，我摸了摸孩子喉结的部位。孩子也就一岁左右的样子，哭声嘹亮，喉咙里不应该卡着东西。"什么样的珠子？"我问，老太太圈起拇指和食指比画起来。"就这么大，木头珠子，我没想到她会把串珠子的绳子扯断……"

　　我觉得事情还不算严重。不过也未必。"木头珠子，这么大，是吗？"我也比画着，老头子皱着眉头望着我。他是个瘦高个，眼窝深陷，头发全白了，孩子横在他怀里，揪扯着他的灰衬衣，两条胖乎乎的小腿扑腾着。"妈妈，妈妈……"孩子发出含混不清的喊声，老太太把她抱过去了。交接的过程，孩子掉了一只鞋。

　　我帮他们把孩子的鞋捡起来。是老虎鞋，还没有我的巴掌大，我捏着它看着老虎的图案。"你们应该带孩子去医院拍个片子。"我说。"拍过了，"老太太说，"他们说看不到珠子，他们说什么也看不到。""真这么大的话孩子应该能把珠子拉出来。"说完我就后悔了。我还缺乏生活的经验。"可如果拉不出来怎么办？"老太太说，"孩子一直在哭……"老头子从我手里接过那只老虎鞋。他蹲下去给孩子穿鞋，孩子没有穿鞋的那只脚踹到了他的鼻子。他的鼻尖上长有一个脓包，灯光下看起来怪滑稽的。

"医生，如果拉不出来怎么办？"老太太又问，我不想再回答她的问题。"既然到过了医院，你们还来我这里干什么？"我希望他们走。"他们说什么也看不到，可孩子一直在哭。""他们看不到，我更看不到。""可你是医生，医生就应该救死扶伤！"老头子突然间站起来喊。他瞪着眼睛望着我。他还握着孩子的那只老虎鞋，看样子还想拿鞋底子抽我呢。"医生，求求你，"老太太说，"你说我们该怎么办？"

我觉得事情可能有点麻烦了。老头子又蹲下去给孩子穿鞋。这两个老家伙看来不太讲理。"医生，"老太太又说，"你说我们该怎么办？"我也在考虑怎么办。我考虑要不要给孩子开点润肠通便的药，好把他们打发走。我觉得还是应该谨慎一些。我回到电脑前，想征询一下那些夜猫子同学的意见。一大堆惊叹号后边，马小丹又和我说了一句话："走以前，我还是希望咱们能在咖啡馆聊一次！"我不想征询谁的意见了。我甚至想骂娘。

"你们还是带孩子去医院吧，出了事我可担待不起，"我说。我像是威胁他们。"你为什么要赶我们走？你不是说孩子会把珠子拉出来吗？"老头子又站起来，我认为没有必要和他吵一架。"我说的是应该，"我解释说，"可世界上本来就没有什么应该不应该。""你什么意思？你给我说清楚！"老头子指住了我的鼻子，好像我的鼻子上长着个脓包似的。"我的意思是如果你们不放心，应该到医院去。""可你为什么要逼着我们去医院？"老头子甚至咬牙切齿了。"医生，求求你，"老太太说，"你说我们该怎么办？"

我也不知道怎么办。这两个老家伙一唱一和，像是专门来找碴的。孩子还在哭，我摸了摸她的脑门。她的脸蛋有点黄，她可真丑，长大后说不定会变得好看一些。她不光是两条腿扑腾，探着两只小手不停地抓，希望抓住什么似的。"孩子什么时候把珠子吞下去的？"我问。我觉得这个孩子有点可怜。"中午，十一点多，"老太太说，"我在给孩子蒸鸡蛋，都怪我，我不该把那串珠子挂在孩子的脖子上……"老太太又哭了。老头子终于给孩子穿好了鞋。

孩子不像是发烧，我还是决定给她测一下体温。"你抱住孩子！"把体温计塞到孩子的胳肢窝里前我吩咐老头子。老头子还是黑着脸，但他没道理拒绝。他抱着孩子坐在了沙发上。他抱住了孩子的上身，孩子的两条腿扑腾得更厉害了。"片子让我看看，"我和老太太说，她慌忙去翻腾那只购物袋。刚才她接过孩子的时候把挎在胳膊上的购物袋放到沙发上了。她把装着片子的袋子递给我。我举起片子对着灯光看，老太太警惕地望着我。"医生，求求你，你看到了珠子吗？"老太太说，说完后她下边的嘴唇还在不停地抖。我没有回答她的问题，我看到的只是一片阴云。"医生，"老太太又说，"你说我们该怎么办？""你应该给孩子多喂点水，"我说，"这样有利于孩子把吞下去的珠子排出来。""好，水，水……"老太太答应着，又从购物袋里抓出来一只装着吸管的水杯。"水有点凉了，医生，可以给孩子喝吗？"老太太说，我冲暖瓶指了指。她往杯子里添了些热水，老头子皱着眉头望着她，好像担心我的暖瓶里会倒出来农药似的。老太太自己先吸了一口，把杯子的吸管凑到孩子的嘴边。孩子还在扑腾着，摇着脑袋拒绝。"医生，你看看，她不肯喝，你说我们该怎么办？"老太太说，我放下那张阴云密布的片子，把杯子接过来。我觉得这两个老家伙太迂腐了，他们根本就不会带孩子。"宝贝，"我摇着杯子冲孩子笑，我在想，我的笑容多么虚假啊。"宝贝，喝点水水好不好？"我把脑袋也凑上去，孩子一边哭一边怔怔地望着我。我仿佛从她的小眼珠里看到了自己的影子。我使劲地摇晃着水杯，孩子突然间不哭了。"宝贝，喝点水水，把吞下去的珠珠拉出来好不好？"我又说，吸管靠过去，她犹豫一瞬后噙在了嘴里。天哪，她很快就喝下去半杯水，我甚至体会到一种成就感，老太太和老头子傻子一样望着她。我把吸管移开，她居然没有再哭。

　　"医生，孩子不哭了，"老太太反应过来，像是在笑。我把体温计从孩子的胳肢窝里拿出来，她的体温很正常。"多给孩子喝点水，加点蜂蜜，多喂她点水果，"我说，"明天，或者后天，孩子也许就把珠子拉出来了。""唉！唉！"我说话的时候老太太一直在点头，"医生，你是说明天，或者后天，孩子肯定会把珠子拉出来吗？""这事情我可不敢肯定。"我说，我又觉得有点草率了。我还没有生活的经验。"都这么晚了，你们带着孩子回去吧！"我说，我指了指墙上的挂钟。"医生，你是说孩子肯定能把珠子拉出来吗？""我说过了，这事情我可不敢肯定！""可是回去以后孩子万一有什么意外怎么办？你不能让我们走，求求你……""可我没有义务陪着你们在诊所过夜，该说的话我都说了，该做的事情我也做了，你们赶紧走吧。"我沉下了脸。我有点烦了。我想看看马小丹又和我说了什么话。"我们可以给您钱,求求你,别让我们走!"老太太说着,又从购物袋里翻出了钱包。她要把五百块钱塞给我,我拒绝了她。"这不是钱的问题,你们走吧!"我还没有说完,老头子抱着孩子站起来了。"你把钱给我收下,你不能这样对我们,你的年龄和我们的儿子差不多吧,你应该尊重我们的意见!"老头子叫嚷着,孩子哇的一声又哭了。

我觉得事情真是有点麻烦了。这两个老家伙,我甚至怀疑他们是精神病。这种病症可不是我的专业。孩子还在哭,哭声都有点嘶哑了。我不清楚怎样才能把他们打发走。我他娘快烦死了。我的办公桌上放着一盒早餐饼干,买上后我还没有吃过。我打开盒子拿了一块,在孩子的眼前晃。"宝贝,不哭了,"我说,我希望在和孩子的交流过程中冷静下来。现在我只能和这个一岁左右的孩子交流。"宝贝,想不想吃块饼干?肚肚饿了是不是?"我把饼干送到孩子的嘴上,她又不哭了,她吃了起来。老头子和老太太警惕地望着我。"医生,"老太太说,"这个孩子可以吃吗?""为什么不能吃,孩子饿了!""可是,孩子吞下了珠子……""不吃东西孩子怎么能把珠子拉出来?"我瞪起了眼睛,几乎是在训斥老太太了。孩子吃完了一块饼干，我又拿了一块喂她。"如果我没有猜错的话，你们是孩子的爷爷奶奶吧，我怀疑你们根本就没有带过孩子，把你们的儿子儿媳妇叫过来好不好，我觉得这样对孩子更有利！"我继续训斥他们，如果孩子的爸爸妈妈过来，事情也许就简单了。孩子仿佛听懂了我的话，"妈妈……"她又发出了含混的声音。她把一只小手搁在老太太布满泪痕的脸上。"妈妈……"孩子又喊，老头子突然间又生气了。"你不能这样说，你和我们的儿子年龄差不多，你不应该教训我们！"老头子又指住了我的鼻子，他鼻尖上那个脓包像是要跳起来了。"医生，求求你，"老太太说，"你不要和他一般见识，我们的儿子在北京，他太忙了，回不来……""再忙也不应该把这么大的孩子丢给你们，既然生下孩子，就应该对孩子负责！""可他真的是太忙了……"老太太果然又哭了起来，老头子又蹲下去了。

一边哭，老太太继续为他的儿子辩解。"医生，你知道吗，我儿子在北京开着公司，我儿子每天晚上两三点才会睡觉，我儿子从来都顾不上吃早饭，我儿子有多瘦你知道吗？他回来一次瘦一圈，他都瘦得皮包骨头了你知道吗？我们真是糊涂了，当初怎么就同意他留在了北京呢，北京……"老太太像是沉入了某种语境，她忘记了哭。我也沉进去了，半个月前我刚从北京回来。我望着她怀里的孩子。孩子用小手摸她的下巴，然后把一根手指塞到了嘴里。孩子瞅了我一眼，好像笑了笑，然后张开嘴打起了哈欠。"你别说了！"老头子又叫嚷起来，"和他说这些有什么用，他根本就不理解我们！"老头子又把手抬起来，抬到半截落下去了，这一次他没有指住我的鼻子。"你不应该这样大喊大叫，"我和老头子说，"这样对孩子不好，孩子瞌睡了你知道不？你们还是带着孩子回家吧。"我说话的时候老太太已经在看怀里的孩子，孩子把眼睛闭上了。"宝贝！"老太太惊慌地喊了一声，还把怀里的孩子摇了摇。"宝贝！"老太太又喊，我忍不住叹了声气。"求求你，别折腾孩子了，"我说，"你让她睡一会儿好不好？""可是，她吞下去了一颗珠子。""我都说过一百遍了，她会把珠子拉出来，你不能这样折磨她！"我又摸了摸孩子的脸。孩子闭上眼睛后比刚才好看多了。我回味老太太刚才说过的话，她没有提到她的儿媳妇，或者她不希望，说不定孩子的妈妈已经和孩子的爸爸离婚了。北京，谁知道呢？

　　"医生，孩子肯定会把珠子拉出来吗？"老太太抱着孩子坐到沙发上，她又用这个问题来折磨我。"该说的话我都说过了。"我说。"可如果孩子拉不出珠子来我们该怎么办？"我没有回答，再劝他们离开恐怕也是白费口舌。我有点累了，给自己沏了一杯茶。我望着饮水机上的一次性水杯犹豫了一瞬，还是决定不给他们这样的待遇。端茶送客的礼俗对他们恐怕毫无用处。"医生，求求你，你说我们该怎么办？"老太太又问我，我实在是按捺不住了。现在我想和马小丹聊一聊。我不知道她是否还等着我。"你们还是带着孩子回去吧，珠子可以拉出来，我这样说你们放心了是不是？我甚至怀疑孩子根本就没有吞下珠子，是你们一惊一乍的把孩子弄哭了。"我这样说，说明又有点冲动了。我还没有生活的经验。我希望他们离开，越快越好。

"医生，你是说孩子肯定会把珠子拉出来？"老太太果然又这样说，"你是说孩子也许根本就没有吞下珠子，是这样吗？"老太太抱着孩子站了起来，"可珠子确实少了一颗，我想起来了，那颗珠子也许孩子并没有吞下去，而是跑到了沙发底下。""我已经移开沙发看过了，没有。"老头子说。"那就是跑到了茶几底下！""茶几我也挪开看了！""那就是跑到了电视柜底下。""电视柜底下我用拖把划拉过了，没有。""可你为什么不把电视搬走，不把电视柜挪开看看呢？你怎么能保证拖把划拉到了那棵

116

珠子，你还蹲着干什么，你死人呀，你还不跑回去好好找一找！"老太太说着就发脾气了。她骂老头子死人，我多少有点解气。老头子走后她抱着孩子又坐下来了。我又瞅了一眼墙上的挂钟，他们已经折磨了我将近一个小时。

"医生，如果找到了那颗珠子，我马上就走，他会把电话打过来的，我一分钟也不会耽搁。"老太太像是安慰我。我来到电脑前摇了摇鼠标，马小丹还在线。二十分钟前她又和我说了一句话："你不应该逃避，我觉得我们还是应该在咖啡馆谈一次！""我正在接诊一个吞下珠子的孩子，她也许没有妈妈。"犹豫了一会儿，我输入了这句话。她的反应速度让我有些感动。"你什么意思？""那个孩子是个大脑门，看起来也就一岁。""我们再到咖啡馆聊一次好吗，我觉得有些问题是可以解决的，你真的不应该逃避。""孩子的爷爷回去找那颗珠子了，孩子也许根本就没有吞下那颗珠子。""请你正面回答我的问题好不好？""如果孩子的爷爷找到了珠子，孩子的奶奶就会带着孩子离开。""懦夫，王八蛋！"她骂我，一连串惊叹号又奔跑出来。我笑了笑，老太太看到了。

"小伙子，"老太太说，"你今年是不是二十七岁？"我扭头看老太太，奇怪她这么问。她改变了对我的称谓。

我点了一下头，其实我已经二十八了。"你和我儿子同岁，"老太太说，"我儿子回家后也总是趴在电脑前，就是你这副样子。"我点了点头，看来老太太还要为他的儿子辩解。不过她好像已经平静下来，她的神情和语调甚至让我感受到了慈祥。"我儿子个子比你高，他喜欢唱歌，打篮球，跳街舞，小学就是班里的文娱委员，他还当过少先队大队长呢，中考的时候他是全市第一，高考差了点，可他读大学的时候当过学生会副主席……"

老太太一直在表扬他的儿子，或者，还是在为她的儿子辩解。她看起来好像越来越慈祥了，甚至年轻了许多，脸上现出了笑纹。但这些与我有什么关系呢？我任由她唠叨，不再看她。我看着屏幕上一大堆手榴弹一样的惊叹号，马小丹用它们轰炸我。

突然间，老太太叫了一声。我扭头的时候老太太已经把两根手指放到了孩子的鼻孔上。"医生，"老太太说，"你快过来看看孩子呀！"我起身往过走，她抱着孩子站起来，孩子哇的一声哭了。"医生，刚才吓死我了，我摸不到孩子的呼吸……"我长吁了一口气。我又觉得老太太精神有问题了。孩子又开始哭，眼睛睁了一下后又紧紧地闭上了。孩子的两条腿扑腾着。"你不能这样折腾孩子！"我实在是看不下去了，这个孩子可真可怜。"你就不能让孩子安安静静睡一会儿吗？"老太太耷拉下了脑袋，摇着孩子，摸孩子的脸。"医生，可我刚才真没有摸到孩子的呼吸，我怕……""我不清楚你到底怕什么，不过我建议你还是把孩子交给她的爸爸妈妈带吧，这样对孩子好！"我又瞪起了眼睛。我仿佛听到了眼角撑开的声音，然后我打了个瞌睡。"医生，"老太太又在掉眼泪了，"孩子又在哭呢，她真的能把那颗珠子拉出来吗？"我不想再搭理她，坐回到了电脑前。好在孩子哭了几声，在老太太的摇晃中又睡过去了。"医生，"过了一会儿，老太太再次叫喊起来，"你说那颗珠子会不会在电视柜底下？我的意思是，孩子会不会把它扔出去，扔到其他的房间……"我还是没有理老太太。老太太抱着孩子挪动身子，又从那只购物袋里翻出了手机。她肯定是在给老头子打电话。她一直打，但老头子一直没有接。后来老头子突然间又闯进来了。

　　老太太和老头子又发起了脾气。她骂老头子。她怕把孩子吵醒，压低声音咬牙切齿地骂。这一次我没有觉得解气。我望着那一大堆惊叹号，马小丹的图标已经暗下来。孩子把一颗珠子吞下去了，我又输进去这句话。生活就像是一场闹剧，我接着输。这个孩子真是个可怜虫，我继续输，老太太站在了我的身边。"医生，求求你，"她说，"你一定要帮我照顾好孩子，我要回家去把那颗珠子找出来，你放心，找出来我们就带着孩子回家……"我好像点了点头，她迟疑着出去了。我没有注意到她什么时候把孩子交给了老头子。老头子抱着孩子，一动不动地坐在沙发上。

我他娘快烦死了。老太太走后我关掉了电脑。我望着灰暗的电脑屏幕。老头子可真像个死人，我不情愿看他，他真的像死人一样一动不动。我们两个一直沉默着，我觉得这两个老家伙是今天晚上上天专门派来惩罚我的。可我有什么错？我有什么道理陪伴他们度过这个倒霉的夜晚？我又打开了电脑，马小丹还是夜晚的颜色。我听到灯管在嗞嗞地叫，仿佛是对我的一种漫长的嘲讽。我的身后立着四个白色的铁皮柜，里边摆着装着各种药物的瓶瓶罐罐。我想扭身抓出来几只，朝老头子砸过去。柜子中间一米宽的缝隙挂着一条白布帘，里边就是我的卧室。我想进去睡一会儿，我累了。

"医生，"老头子突然间开口了，我没有理他。"医生，"老头子又说，"外边起风了。"我扭头瞅了他一眼，他居然望着我笑，不清楚他又有什么愚蠢的阴谋。"风刮得不太大，不过还是把我吹得清醒了，我是说刚才，刚才我对你太粗暴了。"没想到他是以刮风为理由向我道歉。我还是没有吭声。"我是因为心里急，"他又说，"其实我以前不是这个样子，我的脾气好着呢，我还当过工会主席……"我笑了笑，也许是苦笑，刚才老太太表扬了他们的儿子，现在老头子是要自己表扬一下自己吗？

　　"医生，"老头子接着说，指了指熟睡的孩子，不清楚什么时候他把灰衬衣脱下来盖在了孩子的身上，"你看孩子睡得多香，孩子肯定不会出什么问题的，孩子会把珠子拉出来。"我站了起来。我听到了孩子的呼噜声。这么大的一个孩子，女孩，她居然还打呼噜呢。我突然间来了兴趣。我走近一些也许就是为了听一听孩子的呼噜声。"医生，刚才我又想，也许孩子本来就没有吞下去什么珠子，谁知道呢？"他抬起胳膊，手里居然抓着一串珠子。我迟疑了一瞬，还是把珠子接过来了。我认出来这是佛珠。在一些寺庙里，我看到过和尚们脖子上挂着佛珠的样子。"它现在是 107 颗，"老头子说，"少了一颗，可谁又能保证最初串起来的时候是 108 颗呢？我把这个问题忽略了。"我点了点头，这个眼窝深陷的瘦老头现在看起来思维清晰。他的头发全白了。"你应该把这个想法告诉她，她，阿姨……"我垂下了头，有点不情愿叫那个老太太阿姨。他果然掏出了电话，但又揣起来了。"电话上和她说不清，"他说，"当面说恐怕也说不清，小伙子，你也许早就看出来了，她，我们两个，看起来有点不正常是不是？"我垂下了头。他主动承认，我还能说什么呢？这时候孩子翻了个身，他拍了拍孩子的背。"妈妈，妈妈……"孩子在睡梦中含混地喊了两声，小呼噜又打起来了。我望着孩子，突然间觉得老头子像是要把一个什么秘密告诉我。我给他倒一杯水。

"小伙子，你和我儿子的年龄应该差不多吧，"老头子并没有喝水，他的嘴唇开着一道裂。他上火了。"是这样，我看到像你这么大的孩子就会生闷气，我说过，我已经不太正常了，我儿子已经死了你知道不？我儿子死在了北京。我儿子已经死了三年了……"我由不得颤抖起来，尽管递给他水杯时已有所预感。我害怕老头子哭出来，他并没有哭。他摸了摸孩子的脸。"这个孩子，你知道吗？她不是我们的孙子，我们的儿子死以前还没有女朋友，我们的儿子太忙了。这个孩子，让我怎么说呢，半年前我们才决定抱养她，我们就那么一个儿子，我们两个都五十大几了，现在看起来当然更老，我真不想抱养她，可又觉得应该抱养，我们需要一个孩子是不是？如果不抱养个孩子，也许我们挺不下去的。可我现在又后悔了，我一直在后悔，小伙子你知道吗？孩子喊我爷爷，我希望她这么喊，喊我老婆妈妈，我老婆希望有个孩子喊她妈妈的，我们真的不知道以后该怎么办，以后……"

　　老头子又摸了摸孩子的脸。我以为他会继续讲下去，讲一讲或许对他会好一些。但他突然间站了起来。"医生，我真是糊涂了，你帮我看着孩子，我得回去看看我老婆，我真的是不放心……"他往外跑，我跟到了门口。果然起风了，看不到他的影子的时候我忽然间操心起来，老头子会不会撇下这个孩子一去不返呢？我扭身看了看那个熟睡的孩子，忽然间又不操心了。我躬下身摸了摸孩子的脸，像老头子那样。我倾听着孩子的呼噜声。我的手里还握着那串佛珠。我直起身来把它挂到了脖子上，尽管这串佛珠少了一颗。我回想着寺庙里的和尚摸着佛珠念经的样子。我闭上了眼睛，嘴唇像他们那样蠕动着，尽管我不知道怎么念，念什么。后来我的手机响了起来，我听到了马小丹的哭声。马小丹说，你不想到咖啡馆就算了，其实我们电话上也可以聊一聊的。

门房

那时候，老唐担任局里的办公室主任。单位新建了职工宿舍，需要找个看大门的，有人给老唐推荐了老周。

职工宿舍只有四栋单元楼，门房也就五六平方米，摆上一张单人床，又摆了一只文件柜，靠窗又摆了套桌椅，掉根筷子捡起来都吃力了。

当时还不流行签用工合同。老唐说，我们给你的工资虽然不高，但会按时发，我们什么时候发就给你什么时候发。老周说，好。老唐说，你的主要职责是看门护院，打扫卫生，管理花木，另外再给老干部分分报纸。老周说，行。

那是在夏天，门房里太热了，老唐是站在门槛外和老周说话。他还想嘱咐几句，老周拎着脸盆出来了。老周又矮又瘦，长着两条罗圈腿，他从墙根下接了大半盆水，哗啦哗啦地洒起来。他单手端着脸盆，猫着腰，洒水的时候几乎是小跑着，像一只灵活的瘦猴子表演杂耍。老唐点了根烟，心想这个老周看来是用对了。

老周真是个勤快人，每天五点钟就开始洒水扫院。他挥着一柄大扫帚，头也不抬，有节奏地不停地扫，把院子扫得干干净净的，把院门口扫得干干净净的，都扫到人家煤管局宿舍门口了。院子最里边搭着车棚，他把自行车一辆一辆地挪开，清扫过后又一辆一辆地搬回去。扫完了，他还要把车座擦干净，湿布子擦一遍，干布子擦一遍，一辆一辆地擦，后座都不放过。

上班前半个小时，老周就会把铁栅栏大门敞开，贴着门房的窗户站在那里，两条胳膊像是没地方放。万一有谁不小心掉下什么东西，比如车把上挂着的公文包什么的，他就飞快地捡起来，这样骑车的人就不需要下车了。下班时候也是，老周站到了大门外，看到谁买了米呀，面呀，整袋子西瓜呀，他就帮着搬到楼上。别看老周又瘦又小，有的是力气，扛袋西瓜爬到六楼都不带喘。跟在后边的若是小伙子，就有点不好意思了，说老周怎么能让你帮我搬呢？老周说，反正我也是闲着。放下东西，一溜烟下楼去了。

车棚里不知谁扔下个打气筒，皮管子破了，气门嘴夹子走了形。老周找修车摊修好了，以后就负责给大家打气。谁的车子没气了，往门房前一停，老周就拎着打气筒跑过来。老周先蹲下来，双手捏一捏车胎，罗圈腿夹着气筒，曲一下，展一下，曲一下，展一下，很快就打好了。他还在门房里备了钳子、扳手、改锥，谁的车子有个小毛病完全可以对付，连车胎他都能补。

半上午，邮递员会把老干部订的报纸送过来。老周担心报纸上留下手印子，分报纸前总是先把手洗干净。他用纸盒子做了一排文件格，整整齐齐摆在窗台上，谁的就是谁的，一清二楚。其实他完全可以把报纸送到老干部家里，一张报纸不可能比一袋西瓜重，是老干部不让他送。老干部喜欢坐在院子里的阴凉里一边看报纸，一边谈论国家大事。老周发现车棚里有几块废弃的木板，也不知从哪里借来了锯子，钉了几个简易的长凳。这下好了，老干部想在哪里坐，搬过去就可以了。

老周干的当然不止这些，他根本就是一个闲不住的人。车棚子顶棚上的铁皮鼓起来，他爬上去轧平了，还打了几个眼，用五号铁丝做了固定。车道两边砌着方砖，他看到哪块不平整就会撬起来，把下边的土铲平，敲敲打打，再铺上去果然平整了。他最上心的还是那两池子月季花，几乎每天都会拔草。看到哪一枝枯萎了，他立马会剪下来，担心感染似的。落下来的枯叶和花瓣呢，他会小心翼翼地埋到泥土里，一方面算是施肥，一方面把土质也疏松了。眼瞅着两池子月季花蓬勃起来，娇艳起来，院子里的女人们和老周开玩笑，说老周你这么喜欢花，上辈子是个女人嘛！老周挠了挠脑袋，笑了，满脸的谦卑，满脸的皱纹。

老周干满一个月，老唐考察了一下民意。这有什么好考察的？老唐完全可以打一百分。一位退休的副局长说，给老周打一百分太少了，应该打一百零一分，或者干脆打二百分。既然大家这么满意，老唐就表扬了老周一次。老唐说，老周你干得不错，但也要谦虚谨慎，戒骄戒躁，一个月让大家满意并不难，难的是让大家一直满意。老周说，那是。老周又挠着脑袋笑了。

老唐没有想到连大局长都会表扬老周。大局长不苟言笑，在职工宿舍也是公事公办的样子。那天局里开干部大会，局长批评了单位某种风气，话锋一转表扬起了老周。局长说，我们宿舍的门房老周大家都看到了，多么踏实的一个人，工作的积极性、主动性多强，更重要的是他一直在埋头干活，从来不会多嘴多舌。

局长表扬老周，老唐自然高兴。隔两天，老唐找局长汇报工作，末了建议说，老周工作这么卖力，要不给他涨点工资吧。没想到局长拉下了脸。局长说，唐主任，看来你还是不成熟嘛。老唐出了一头汗。

话又说回来，尽管老周工资不高，大家并没有亏待他。有人看老周衣着破旧，就把家里的几件旧衣服送给他。这个头一带，大家就给他捐衣服，背心，裤衩，外套，棉大衣，一摞一摞给老周抱过去，老周都发愁得没地方放了。老周只好把单人床支起来，腿子下摞了四层砖。老周喜欢穿运动衣，捐运动衣的老太太看到了，和人说，看，老周把我们家的运动衣穿上了，18 号，我儿子穿过的。听到的人就觉没面子，老周为什么不穿她捐的夹克衫呢？隔两天，老周果然把夹克衫穿上了，还是立领的。老周隔几天换一次衣服，像是在搞平衡。

不光是衣物，职工宿舍的人什么都给老周捐。毛巾、水杯、雨伞、收音机、手电筒、搬家时候差点儿扔掉的电视机——老周说哎呀，这个我可不能要，这是一台电视机呀！捐电视机的小伙子嗵一声把电视搁在了老周的办公桌上，说老周你见外是不是，那你先替我看几天可不可以呀？老周只好收下了。

老周自己做饭，门房的墙根下立着个蜂窝煤炉子，他的锅碗瓢盆多得都可以开席了。半上午老太太们买菜回来，总会给老周丢下一根葱，或者一把豆角，两个西红柿，老周从来都没有买过菜。谁家要是吃饺子，有时候也会给老周端来一盘子，一盘子足够他吃了。谁家吃剩下半只鸡，半盘过油肉，装到塑料袋里，上班走的时候喊一声，顺手就放到了门房的窗台上。遇上过节，老周收到的礼物尤其多。老周在职工宿舍过的第一个中秋节就收到了八盒月饼，当然是在节后收到的。那也是八盒呀，五仁的，枣泥的，广式风味的，晋式风味的……那一阵子老周每天都在吃月饼，每天都在过中秋节。

老周打扫卫生的时候会把垃圾筒里的纸盒子拣出来，压平，积攒一沓子后用自行车拖到废品收购站卖——老周用的自行车也是职工宿舍的人捐赠的。有人见老周把脑袋杵进垃圾筒翻拣，多不卫生呀，一头栽进去怎么办？以后扔垃圾就做了分类，纸盒子什么的放到了垃圾筒旁边。还有人直接就给老周送过去了，旧书旧报，破铜烂铁，说老周你拿去换盒烟抽吧。说完以后才想到老周根本就不抽烟。老周也不喝酒。老周只知道猫着腰不停地干活，从他身上根本就找不到劣习嘛。

　　财务科小丁的父亲来看儿子，这老头也是仔细惯了，刚好有邻居买了台钢琴，那么一堆纸板子堆在楼下，就想拿去换几个零花钱。老头到大门口截住一个收破烂的，也就一支烟的工夫，十三块钱到手了。老周见老头领进来个收破烂的也没有吭声，倒是中午小丁回家后不答应了。小丁和父亲吵了起来。人们听到小丁的父亲说，你爹的脸面不值钱，但你爹是你爹，看大门的就是看大门的。这话听来别扭，但人们还是理解了。小丁说什么呢？小丁说，老周虽然不是我爹，但他是宿舍的大总管。小丁把十三块钱交给老周，老周死活不肯要。小丁说，好我的周大总管，你是想让人戳我的脊梁骨吗？

　　以后人们就叫老周周大总管。周大总管，你为我们付出的真是太多了。周大总管，都是自己人，客气什么样？大家对老周越来越关心。有人问老周叫什么名字，老周说他叫富贵，周富贵。这名字好，老周这么好一个人，就应该叫富贵。又想，老周毕竟是个看大门的，富贵什么呀，名字有点浮夸了。再问老周的年龄，五十岁，老周原来才五十岁。老周的相貌无论如何不像五十岁吧，脸上的皱纹多得都没地方长了。又想到老周的力气，想到老周身手敏捷，老周就应该是五十岁。

　　和老周聊天的多是院子里那些有文化的老太太。她们又问出来老周是东山那边一个山村里的人，家里还有老婆，还有儿子，未免大吃一惊。她们还以为老周是条光棍汉呢。一个老太太话都准备到嗓子眼了，遇上合适的还要给老周介绍对象呢。仔细一想就觉得老周有点可怜了。一个五十岁的男人，隔三岔五总应该回一次家，和老婆团聚一次吧。老周的工资实在太低了。老太太们就给老唐提意见，说应该给老周涨工资。老太太们还说，老周你回家住几天吧，我们组织个联防队，决不会让坏人混进咱们宿舍，我们每天早晨替你打扫卫生。老周又笑一笑，不好意思了。老周说，那样不好的。

　　是在腊月的一天，人们中午下班后看到门房里坐着一个高大粗壮的女人，穿着红棉袄，嗑着瓜子，料定是老周的女人来看他了。怪不得站在大门口的老周左顾右盼的，见了谁都笑，原来是羞怯。院子里站着两个老太太，也不嫌冷，都顾不上做饭了，看到谁过来就小声嘀咕，老周的老婆来了！又说，老周是在十一点把他老婆接过来的，那女人一直坐在门房里，她们想进去打个招呼，老周好像还不乐意呢。一个老太太喊住了老唐，说小唐啊，今天晚上单位应该给老周找个旅店住。老唐笑了笑，另一个老太太说，小唐你要不给老周开房我们可要集资了。见另外一个老太太端着饭盒往门房走，这才想起来该给老周送点吃的。老周的老婆来了，大家该好好招待一下她。

老周的老婆却没有给大家留下好印象。人们盘盘碟碟送过去，她居然爱答不理的，居然还嗑瓜子。瓜子皮都快把老周的办公桌堆满了。她也和人笑，但她的笑怎么能和老周的笑比，噗一下把瓜子皮吐出来，嘴角一斜，这还不就是傲慢吗？山里来的一个女人，长得也不好看，有什么好傲慢的？关键是大家送的吃的她并没有吃。大约是在十二点半，她一扭一扭地走在前面，老周孙子一样跟在后面，下饭馆去了。快到上班时间，老周一个人孤零零地回来，再没有见到他的老婆。

老周先是躲在门房里，终究是要出来的，见了人就扯着嘴笑。那笑容顿时间让老太太们没脾气了。但老太太们还是不服气。老周你老婆呢？老周耷拉下脑袋说，回去了。怎么就回去了？怎么也该陪你住一晚上吧？老周说，回去有事。寒冬腊月的能有什么事，是急赶着回去种玉米？老周不好回答了，老太太们也不好意思再嘲讽他。她们嘲讽的其实是老周的老婆。一个老太太突然叹口气说，老周啊老周，我们都看出来了，你老婆对你一点儿也不好，她是来和你要钱的吧？老周不吭声，另一个老太太说，这种女人，你过年干脆别回去了。另一个老太太附和，老周你放心，她不要你，我们要。听起来蛮豪壮的。

老太太们终究打问出来，原来老周的老婆是挺着个大肚子嫁给老周的，对老周确实不怎么样。老周过年果然没有回家。这一晃，七八年就过去了。关心老周的老太太有两个已经作古。时间真够残酷的，老唐都谢顶了。但老唐已经提拔为副局长。有一天凌晨老唐赶火车，晚上他没有睡好，下楼时腰酸腿困的。老唐看到老周猫着腰，罗圈着两条腿，头也不抬，挥着大扫帚不停地扫，他就想脑力劳动真是比体力劳动折磨人呀，老周的身手还是这么敏捷。一年一年过去，老周怎么就看不出什么变化呢？

这一年，福利分房制度取消了，形成的连锁反应是办公经费再不能花到职工宿舍。这就给大家出了道难题，以后老周的工资怎么发呀？表扬过老周的局长因为经济问题锒铛入狱，新任局长不可能过问，接替老周的办公室主任又不住在院子里，问题只好由老唐来解决。老唐想，既然大家都认可老周，老周的工资由大家分摊就是了，总比用物业合算吧。

　　老唐想得有点简单了。分摊老周的工资大家没意见，但有人觉得应该按住房面积分摊，有人觉得应该按实际居住人口分摊，吵来吵去的，老周都两个月没有领到工资了，老唐都快让几个针锋相对的老家伙烦死了。老唐说，你们继续吵，老周是我请来的，我这就打发他走。这下老人们倒是齐心了，说小唐呀，谁说让老周走了？老周要走了还能再找来一个一模一样的老周吗？你好歹也是个处级干部，遇上问题应该想办法，办法总比困难多。老唐叹口气说，我只是个副处级干部。

　　这天晚上，老唐回来时被老周喊住了。老唐没好气地说，老周，大不了这两个月的工资我个人给你发。老周又挠着脑袋笑了。老周说，唐主任，我不是讨工资，做人不能这样的。老唐说，那你喊住我干什么？老周说，我不要工资，我一直在咱们宿舍干。老唐说，开什么玩笑，你活雷锋呀？

　　老周什么时候开过玩笑呀？他是想把门房阔出去两三米，用阔出去的面积抵顶工资。老周想开个小卖店。

　　难题迎刃而解，所有人都支持老周的想法。老周备了料，找来两个泥瓦匠，施工只用了三天时间。他在门房朝向马路的那面墙上开了道门，新盖起来的半截屋子与门房成了里外间。外间是小卖店，里间还是门房。然后他从旧货市场把货架也买来了，这时候人们才操心起来，老周既要当老板又要当门房，顾得过来吗？

事实证明，老周给大家提供的还是和过去一样的服务，甚至比过去还要周到。一大早，老周就把院子打扫得干干净净的，把院门口打扫得干干净净的，都扫到人家煤管局宿舍大门口了。自行车车棚他也打扫了，花也浇了，枯枝也修剪了，大家上班走的时候，老周还是站在门房的窗户下，下班回来的时候，他还是站在院门前。谁要拎着什么重物，他还会帮着送到楼上。起初老唐只是卖些油盐酱醋，酒水饮料，方便面什么的，他什么时候进货呢？原来城边上有个批发市场，凌晨四点就开始营业了，老周是在打扫卫生前骑着自行车去进货。验证了老周卖的货物和其他商店没什么区别，不存在假冒伪劣，大家是成心照顾他，只要老周的小卖店有，再不会跑到其他商店了。

老周货架上的商品日渐丰富，两个月后卖开了粮油，然后蔬菜水果也上架了。他买了一辆二手脚踏三轮车，方便进货。好些货物批发商会送货上门。屋子里摆不下了，他就摆到门外，晚上再收回来。但他从来没有把货物放到门房内，这还不就是公私分明？老周价格也公道，两个老太太专门考察了一次，附近六七家小卖店，外加两家连锁超市，总体上还是数老周卖的货物便宜呢。

何况，老周给大家服务得太到位了。谁家需要米面，上班走的时候招呼一声，下班回家时老周便会扛到门口。谁家饺子都下锅了，发现用完了醋，趴到窗口喊一声，老周会飞快地送上去。一个老太太说，老周呀，你能不能进两个又甜又绵的南瓜？第二天老周便把南瓜进回来了，蒸出来尝一口，果然是又甜又绵，不得不佩服老周的眼力。一个老太太说，老周呀，我喜欢吃那种纯碱面开花大馒头，哪里能买上开花馒头呀？第二天半下午老周出去了一趟，买来了白白胖胖的十个开花馒头，还死活不要钱，老太太都感动得哭了。老太太说，我儿子一个礼拜才过来看我一次，老周你比我儿子还管用呢。

与那些斤斤计较、见利忘义的商家比起来，老周真是个大方的老板。傍晚时分，老周会把卖剩下的菜送给大家，一把蒜苗，一捆油菜，几根葱，或者拳头大小的菜花，见了谁送谁，放到明天就不新鲜了。其实谁会在乎这点儿菜呀，但这是老周的心意，老周不能让大家吃上隔夜的菜。看到谁带着孩子出来，老周也会递给孩子两块糖，或者几个核桃，或者一把花生。带孩子的女人和孩子说，还不快谢谢老周爷爷，长大了可要记住周爷爷呀！

人们从来没有见老周记过账。如果谁刚好没带钱，就算把小卖店掏空老周恐怕也没意见。还是那个小丁，有一天晚上十二点多了，突然想起来赊过老周两瓶酒，这都一个多月了。小丁从床上爬起来，抓紧去给老周送钱。他不清楚老周睡了没有，其实拖到天亮也没关系的。

初秋的夜晚刮着点小风，小丁一出楼门就闻到一股酸酸涩涩的味道。职工宿舍有些人买车了，他从两辆车的空当里穿出来，一眼就看到了老周。月明星稀，老周穿着二股筋背心，大裤衩，正拿着刷墙用的大板刷往地上刷涂料，身后已经有好些白道子。老周这是在划分车位呢，买车的那些家伙停车太不讲规矩了。

第二天，大家看到老周画好的车位，无不称赞老周心灵手巧。那些车位规划得太专业了。刚好有工商税务的人过来联合执法，老周都答应补办手续了，还是要查封他的小卖店。小区里的人闻讯跑出来，将几个穿制服的年轻人团团围拢。你们要干什么？嗯？你们凭什么欺负一个可怜巴巴的乡下老头？那几个年轻人架不住人多势众，灰溜溜地走了。隔一阵，规划局的人也找上门来，说老周的小卖店是违章建筑，必须拆。老人们义愤填膺，说也就屁股大一块地方，怎么就违章了，你们能不能干点正经事？你们是想逼着我们拉上条幅到市政府门口上访吗？最终还是老唐找了规划局的人，摆平了这件事。

转眼间，老唐退休了。退休后的老唐每天傍晚都会在院子里坐一坐。老唐其实并不想出门，可如果他总是钻在家里，别人会认为他把官位看得太重。退休后的第二个月他不就脑梗了一次吗？还好不太严重。老唐五十六岁上提拔为局长，或许是因为身份问题，院子里的人并不想接近他。老周在门房旁边砌了一个水泥台子，上边画着棋盘，每天都围着一帮老头下棋。老唐凑过去看，那些人对他彬彬有礼的，棋子也不摔了，这还不就是拒绝的姿态？老唐窝了一肚子气，其实他也想下两盘棋的。

还好有老周。老唐可以找老周坐一坐。老周依旧是沉默寡言，毕恭毕敬的样子，老唐问什么他才会开口。老唐又能问什么呢？无非是生意上的事，进货渠道，利润什么的，又想生意人都不喜欢别人打问这些，老周恐怕也不乐意吧。便又问老周家里的事，这好像又戳到老周的痛处了。老周有那么一个老婆，儿子还不是亲生的，有什么好问的？总之是，老唐觉得没话可说，老周这人太不好聊天了。

有一天下午，老唐本来想到公园遛一圈，老周跑出来把他喊住了。老周说，唐主任，要不咱们杀一盘棋？老唐说，老周你也会下棋？老周说，小时候下过的。两个人坐到水泥台子前，老唐突然间想，老周是不是看出来他的落寞了？看来这个老周还是有点心机的。老周一招一式还挺带劲，很快有人过来围观，说老周你真是深藏不露呀，这么多年都没见你下过棋。老周笑一笑，又不好意思了。又有人说，老周你是看不起我们，只陪领导干部下。老唐的脸烫起来，捏紧了棋子，老周说，棋盘上的领导只有帅和将。老周这话一点儿也不幽默，但看棋的几个老头全都笑了，老唐也笑了。这一笑好像捅破了一层窗户纸，老唐顿时间感觉到了轻松。其实老周这话和老唐有什么关系呢？从这一天起，老唐面对众人的时候就觉得不别扭了。老唐每天下来和老头子们下棋，很快就讲起了脏话。

　　有一天晚上老唐失眠了，脑子里跳出来的尽是老周干活的画面，好像放映老周的专题片似的。掐指一算，老周都在职工宿舍干了十八年了。人生能有几个十八年呀？十八年里老周扫过多少次院，浇过多少次花？池子里的月季花长了一季又一季，连花池子都改造过三次了。失眠的夜晚想法总是比较多，老唐突然间想和老周探讨一下人生。

老唐上大学的时候学的就是哲学，从毕业那天起他就把专业荒废了。

老唐想请老周吃顿饭，喝点酒，老周却总是推辞。老唐说，老周你牛啊，我连市长都请得动，却请不动你老周。老周赶紧摇头。老周说，不是这样的唐主任。老唐说，以后你别叫我唐主任，我早就不是主任了，你喊我老唐。老周说，唐主任那我以后改。老唐望着老周的样子忍不住笑了。这个老周，让他说什么好呢？

老唐真是想和老周喝点酒聊聊天。老唐想，老周你不是请不到饭店吗？那我就找上门去。老唐备了瓶茅台酒，傍晚时分正准备去买下酒菜，刚到院子里就听说了一件事情。不光是老唐，职工宿舍好多人都听说了。大家三个五个的聚在一起交头接耳，老唐由不得想起当年局长被有关部门带走后的情景。

还是那个小丁。小丁也不小了，当年局长出事时他受了牵连，现在已经退居二线。半下午，小丁陪老婆去了一趟银行，没想到把老周遇到了。老周正趴在柜台上取钱。你们知道老周取了多少钱吗？小丁说，三十四万，是三十四万！小丁普通话不太好，不大会发卷舌音，但他语气比较重，是三十四万呀，他说，是三十——四万！一开始，大家都有点不相信，老周怎么可能有这么多钱？小丁说，我要说半句假话天打五雷轰，老周看到了我，脸一下子就别过去了。小丁的老婆是个急性子，说你们爱信不信，反正我们看到了，老周是从工商银行取了钱到建设银行理财，他装钱的那只帆布包还是当年我们家送给他的呢。

职工宿舍的人们把这件事情议论来议论去的，就觉得很有可能，有很大可能了。且不说老周以前卖废品赚的钱，且不说老周的小卖店对外营业，光职工宿舍就住着三四百人呢，谁家不在老周的小卖店消费？白面大米，油盐酱醋，酒水饮料，就算蹲在抽水马桶上撒泡尿也在给老周做贡献呢。这么多年了，老周一分钱房租都没有交过吧，这还不就是零成本经营？

但还是有点疑问。就算老周不怎么花钱，他还有老婆孩子呢。他老婆隔上半年就会来一次，那还不是来要钱？四五年前，老周的儿子结婚了，老周回去了几天。就算老周的儿子不是亲生的，怎么可能不出血呢？

老周给大家带来个疑团，大家只好持续地谈论。那些下棋的老头呢，棋子也不摔了，坐下来嘀嘀咕咕，见老周从门房出来，一个老头突然间喊，老周，给拿包硬盒子的中华烟过来。老周飞快地把烟送来了，其实他的步子已经慢下来，不能和当年比。这老头拿了烟也没有付钱的意思，老周当然不会讨要。老头倒是抽出一支烟丢给了老周。老周要把烟还回来，说我不会抽烟的。老头说，老周你是舍不得抽吧，你可真是个守财奴。老周笑了，挠了挠脑袋。另一个老头说，老周你不知道守财奴什么意思吧，守财奴就是只知道攒钱，不舍得花，只进不出，就像貔貅一样。另一个老头说，老周你不知道貔貅是什么玩意儿吧，那便秘你总应该知道，吃进去拉不出来。一伙人都笑了。

老唐也坐在水泥台子旁。别人挖苦老周，他脸上倒有点挂不住了。隔两天，有人直接提出来，说老周应该给职工宿舍交点房租的。就算剔除老周看大门的工资，多少也应该交一点。这不是一点钱的问题，而是老周的态度问题，当年是谁答应老周可以不交房租的？老唐说，当年不是大家一致同意的吗？就算当年一致同意，现在也该与时俱进了，现在门面房多金贵呀，咱职工宿舍可是在繁华地段。老唐没有吭声，他可不希望和谁争论。

老唐好几天都没有去下棋。他在家里看电视，心想要不写本回忆录吧，写回忆录其实也是在探讨人生。院子里却吵闹起来，到窗前一看，几个人正教训老周呢。是两个散发小广告的年轻人跑进来了，好几栋楼的楼门上贴上了砖头大的纸片。有人骂走了两个年轻人，把老周喊来了。老周你怎么回事，怎么能让他们进来？老周耷拉下脑袋，抓耳挠腮的。老周你不能光惦记着挣钱，别忘了你是个看大门的！老周抓紧去把楼门上的小广告撕下来。他个头矮，撕掉一半后上边的够不到了。他跑到水泥台子前搬来了长凳，踩上去继续撕。广告纸粘得太结实了，他一点一点地撕，把纸屑塞到口袋里。深秋时节，他已经穿上了不知谁家送他的小棉袄。他把胳膊使劲探上去，长凳突然间一歪，斜着身子倒了下去，幸亏没有滚到台阶下。

　　隔了两天，两个小伙子因为争抢车位吵了起来。现在，职工宿舍几乎家家户户都有车，车位明显不够用嘛。一伙人把两个小伙子分开，难免就讨论起了停车问题。院子里车位这么紧张，煤管局宿舍的几个人晚上还把车停过来呢。老周刚才也在劝架，听人这么说，耷拉下脑袋回门房去了。大家却还在讨论。说老周为什么不把外来车辆拦下来，很有可能得了那几个人的好处。说宿舍大门应该装一个智能升降杆，决不能再让外人进来停车。有人就把老唐喊下来了。说老唐啊，咱们一分钱房租都没有和老周收过，让他给宿舍装个智能升降杆你没意见吧？老唐说，大家没意见我也没意见。那你去和老周谈谈呀！老唐说，凭什么让我去谈？当年老周不是你请来的吗？当年老周用不着交房租也是你老唐谈的嘛！老唐提醒自己决不能生气。老唐说，当年是当年，我现在已经退休了。

老唐继续钻在家里写他的回忆录。出门时候他也不在院子里逗留，怕别人找他的麻烦。即便如此，老唐还是发现职工宿舍的人对老周冷淡起来。好些人下班回家，路上就把菜买好了。米呀，面呀，油呀，往往是从汽车的后备厢里拎出来。总之是，好多人不再光顾老周的小卖店了。整整一个礼拜，老唐都没有听到有人趴在窗口喊老周，让他送上去一瓶酱油，或者一袋子醋。老唐惊诧于这种变化，有点小孩子气了是不是？有一天他从公园回来，一个老头喊住了他，说老唐你也加入咱们职工宿舍的微信群吧，拿出手机来扫一扫。老唐说，我从来不玩微信的，退休以后我就不想和一群一伙的人打交道了。老头说，老唐你是看不起我们吧。老唐说，有时候我连自己都看不起。

老唐觉得事情真是有点荒诞。那些个喜欢下棋的老头子，居然不到门房旁边的水泥台子上下棋了。傍晚时分，老周想把卖剩下的菜送出去，老太太们却拒绝了他。老太太们说，老周呀，我们可不是吃白食的，你还是留着卖钱吧。

老周的小卖店生意日渐清冷。老周还在不停地扫院，浇花，干着他多年来一直干的工作。老唐站在阳台上，望着院子里的老周走来走去，瘦小的身材像个影子一样，他就想真的是人心叵测，老周又怎么想呢？老周感到落寞了吗？又想，老周都六十八了，也该退休了，他不是攒了一大笔钱吗？客观地讲，职工宿舍的人不是谁家都能攒这么多钱。有的人家孩子出国留学，有的人家在大城市给孩子买了房子，每个月还得还贷呢。家家有本难念的经，谁都不容易。

老唐预测老周的小卖店还能维持多久。又想，老周离开后职工宿舍是要请物业吗？或者，事到临头大家会觉得还是留下老周比较划算。或者，过一段大家的想法就变了，说变就变了，老周的一大笔钱毕竟不是偷来的。老唐想静观其变。又想，还是带着他写了两个章节的自传去北京看孙子吧。他老婆早就去了。他觉得孤单了。想到回来的时候可能再不会见到老周，老唐竟生出一些感伤。或许他是在为岁月感伤。

老唐还是决定和老周喝点酒聊聊天。这天晚上都十点多了，老唐拎着茅台酒、豆腐干、花生米什么的来到了门房。老周正蹲在小卖店里整理他的货物，他的货物明显比过去少了。老唐咳嗽了一声，老周撩起竹帘探头往门房里看，猫着腰钻过来，打了个趔趄。老周说，哎呀，是唐主任呀。脸上又堆起了笑，堆起了皱纹。灯光虽然暗，但老唐把老周看得一清二楚，谁说老周这么多年都没有变化呢?

老唐说，老周啊，我想和你喝几杯。老周说，好，好。老唐把酒菜放到桌子上，老周搓着手说，唐主任，你带着好酒，我切根肠子吧。老周到外间屋取来一根香肠，还取来一袋香酥鱼。他蹲下去，把立在办公桌下的案板拽出来，又找来菜刀，跑到院子里后便响起来哗啦哗啦的流水声。回来以后，老周用干净布子擦过案板和菜刀，抓紧切那根香肠。老唐说，老周你少切点，我就是想和你聊一聊。老周就不切了，菜刀还搁在香肠上，拧着眉头望着老唐。老周说，唐主任，我是不是又犯错误了?

老唐笑了笑，坐到了老周的床上。床腿子下垫着四层砖，老唐坐得有点不安心。老周说，唐主任，应该我请你的，你是我的恩人嘛。老唐说，什么恩人不恩人的，咱们喝两杯。老唐拧开瓶盖，往带来的纸杯里倒酒。他都快把老周跟前的那只纸杯倒满了，老周还是拧着眉头望着他。老唐醒悟过来，老周还在等着他回答刚才那个问题呢。老唐说，人活一辈子谁还能不犯错误? 连圣人都会犯错误。

老周说，唐主任你多批评呀。老唐说，比如说老周你喊我唐主任就是一个错误，我都纠正过了你还这么喊，这叫错上加错。老周说，唐主任我以后一定改。老唐说，再比如你每天只知道干活，不懂得享受，这其实也是一个错误，一辈子眨眼间就过去了，该享受还是要享受的。老周说，那是，我老了，想干也干不下去了。老唐切好香肠坐下来，老唐说，老周你别紧张嘛，咱们碰一下，慢慢喝。老周果然把酒杯举起来，吸溜了一点，老唐发现老周喝酒的时候还在偷窥他。老唐说，老周啊，我刚才的话可不是开玩笑，人活着不能光是干活，光是挣钱，你都六十八了吧。老周说，我想在城里买房子。老唐说，你是想买房子？老周说，给儿子买。老唐说，给儿子买？你儿子对你好吗？老周的脸红了，或许真的是不胜酒力。老周说，买上房子他就对我好了，他不是我亲生的，那也是我儿子。老唐说，是这样啊。

从门房出来，老唐多少有点失落。医生不让他喝酒，他最多也就喝了二两。老周喝得也很谨慎，碰过两次杯后又问他，唐主任，我又犯什么错误了吗？那时候老唐就后悔跑过来和老周喝酒了。老周喝上酒也聊不起来。老周这个人，让他说什么好呢？

又过几天，老唐便去了北京。儿子的房子只有两个卧室，晚上他和老婆挤在一起，感觉太憋屈了。除了逗弄逗弄孙子，他每天都在附近的公园转悠。身在异乡，无所事事，他难免惦记着老周，惦记着老周的小卖店。他又想，等他回去的时候老周八成已经离开了，他这辈子也许再不会见到老周。

完美无瑕的恋人

一

　　当然，爷爷什么时候住院由他自己说了算。爷爷说，我还扛得住，再等等吧。我们只好等。爷爷说，放心，该住院的时候我自然会去，我不去住院别人会戳你们脊梁骨的。这话说的，好像我们催他住院不是为了减轻他的病痛，而是为了保全自己的名节。即便真有这层意思，爷爷你说话也太直白了吧，让我们情何以堪？

　　爷爷患有青光眼，六年前双目完全失明。不，爷爷可不是这么说的，爷爷说，他面前梦一样的影子一夜之间全都飞走了。四年前，爷爷摔了一跤。后半夜两点钟，他爬到了椅子上，要从书柜顶端的格子里把他年轻时候戴过的一个像章找出来。天哪，对他来说这无异于高难度的杂技表演，就算找出来他还能看得见吗？他摔断了胯骨，坚决不去医院。他还以为七十六岁的老骨头可以完美如初地自动愈合呢。他在床上躺了三个月，变成了一个又瞎又拐的老头。爷爷还患有严重的鼻窦炎，不清楚从哪一年开始，他的鼻子失去了辨识气味的功能。可惜啊，爷爷说，爷爷摘下来他的假牙说，连南关老王熟肉店的酱牛肉都啃不出香味来了。他干脆戒了酒肉，以此来报复他的假牙或者鼻窦炎。

现在，这些都不重要了。爷爷的肝硬化发展为严重的肝腹水。病入膏肓，他比谁都清楚。他像待产的孕妇一样挺着个大肚子。他说，我可是装了一肚子的坏水，波涛汹涌啊，就等着哗啦一声决堤了。

这么说，爷爷是一个幽默的老头。但在重病缠身的背景下，他的幽默分明过火了。他自以为是的幽默除了逗我们一乐，也让我们变本加厉地闻到了死亡的焦糊味。就算爷爷是一团熊熊燃烧的烈火，我们已经忽略了火焰的壮观。我们看到了火焰中腾起的灰烬，这些灰烬要像影子一样飞走了。况且，客观地讲，爷爷这一生恐怕不能用壮观来形容吧。现在，几乎到了盖棺论定的时候了。

奶奶是两年前去世的。她还健在的时候，最反感的就是爷爷自以为是的幽默。奶奶说，闭嘴。奶奶说，年轻时候像个哑巴，老了倒变成喇叭了。奶奶说，老人家，求求你，去听你的收音机吧。这种情况下，爷爷只好傻呵呵地笑几声，拄着拐杖一瘸一拐地离开奶奶的卧室。他熟悉家里的每一角落，不会走错，我们也还放心。有一次，父亲拖地的时候不小心移动了客厅的一只花盆，花盆的底子还压着原来的半个印子，爷爷的拐杖扫雷仪一般灵敏地发现了。爷爷说，谁动的花盆，给我放回原处。这就显示出一家之主的威严了，父亲撇撇嘴说，行，老人家，我们听你的。

再说"老人家"这个称呼，毫无疑问是奶奶先喊出来的。奶奶称呼爷爷老人家，父亲和四个姑姑也跟着叫，我和姑姑们的孩子也这么叫。我儿子还在上幼儿园，他也这么叫，小家伙还以为爷爷姓老，名字就叫老人家呢。在这个问题上，我们不分长幼达成了一致，好像只有这样才能把爷爷的地位烘托出来。或者，像隔离一名传染病患者一样把他隔离出来。爷爷好像是我们共同的敌人或者朋友。

差不多是在八年前，爷爷的视线里只剩下一些梦一样的影子后他就很少出门了。白天，大多时候他都坐在客厅那把太师椅上。那是一把仿古的老榆木材质的椅子，四条腿均已开裂，缠着手掌宽的透明胶布。有一阵子，奶奶对这把死气沉沉的椅子充满了仇恨。她说，这算什么破椅子，丑死了，比一只死蟑螂还丑呢。没有必要怀疑奶奶的文字表达水平，那时候奶奶跟着爷爷又搬家了。多年以来，爷爷和奶奶居无定所，直到步入花甲之年，子女们凑钱为他们买了套单元房才安定下来。在城边上那套阴暗潮湿的平房里，蟑螂的祸害让奶奶深恶痛绝。奶奶把世界上所有的缺点和仇恨都集中在了蟑螂身上。奶奶见我玩得灰头土脸，骂我说，你比蟑螂还脏呢。距离房子不远处有一个泥塘，蚊子苍蝇飞来飞去，奶奶挥着手说，这个泥塘比蟑螂还臭呢。当然，骂完了椅子，奶奶也会骂爷爷。奶奶说，姓董的，你就是一只不可理喻的蟑螂。

这把椅子曾经作为样品陈列在购物中心的家具馆。爷爷太能折腾了，太师椅无人问津，他又办起了塑料制品厂。要知道，那时候爷爷已经六十出头，自从离开工厂后他完成了多少次创业啊。爷爷总是说，人生能有几回搏，此时不搏何时搏。这句话励志啊，问题是爷爷搏来搏去的把家底都搏光了。有一次，奶奶从柜子里翻出来一个账本。奶奶从来都没有向我们展示过那个印着梅艳芳头像的红皮子笔记本。奶奶说，姓董的，你好好看看，究竟你折腾出去的钱多还是挣回来的多，你这一辈子就是个负数。那一次奶奶伤心坏了，哭了足足半个小时。问题是爷爷看不见了，还让他看什么呀？爷爷摇头晃脑地安慰奶奶说，嗨，不要哭嘛，那个，人生嘛，本来就是一笔糊涂账。

不要以为又瞎又拐的爷爷会安安稳稳地坐在他的太师椅上。他在炒股，买彩票。他年富力强的时候没有精力干这个嘛，老了还不能花几个小钱赌赌运气？他子女多呀，四世同堂，可以调遣的兵力太多了。他用灵巧的手指拨打着电话。他知道他的子孙会不耐烦，但他们没办法拒绝他，拒绝一个又瞎又拐的老头。这样也好，我们总是说，老人家老有所为，老有所乐嘛。本地的交通台有一档广告类节目，爷爷听广播的时候会打电话和主持人互动。主持人问，喝冰红茶有什么好处？他拨通电话抢答，有助于"三高"人群降低血压、血糖和血脂。主持人问，月兔牌卫生纸的广告语是什么？他继续抢答，月兔牌卫生纸好用不贵……于是，我们隔三岔五就得帮爷爷去电台领他的奖品。我们家有喝不完的冰红茶，用不完的月兔牌卫生纸。

去年年底，爷爷被评为交通台最忠实的听众。我开着车急风火燎地赶过去，帮他领回了一个闪闪发光的烫金荣誉证书。厉害了我的老人家，我夸奖爷爷，他接过证书扔到了一边，摸都没有摸一下。小儿科，他说，爷爷是从大风大浪里走过来的，还在乎巴掌大的这点儿屁荣誉？好我的老人家，我可是上班时间帮他去领的奖，万一被查到擅离职守可就亏大了。

二

那一天风和日丽。爷爷突然间松了口，他要去住院了。

这真是一件大事情。父亲在微信群里喊了一声，家里十几口人火速集结。爷爷挺着大肚子坐在太师椅上，他的脸瘦得形销骨立。他闭着失明的双目，依旧在摇头晃脑地听他的收音机。这可不像是住院的节奏，我们担心他突然间改变主意。我们等啊等，爷爷原来在等交通台的那档节目。爷爷放下收音机，握起了听筒，摸索着把电话接通了。爷爷和那个叫启明的主持人说，启明啊，这次打电话我是和你们告别的，以后我再不会答题了。启明问，老人家为什么呢？您可是我们最忠实的听众。爷爷说，嗨，年轻人，不要问我为什么，我已经厌倦了。然后爷爷挂断了电话。

可以走了，爷爷说，我们手忙脚乱行动起来。我们要搀扶爷爷，他把我们扒拉开，双手撑着拐杖，使劲站了起来。把我那件墨绿色的睡衣带上，他说，被子，枕头，床单，假牙，水杯，报时表，痒痒挠……还有，我的太师椅可不可以也带到医院？

这有什么不可以的？只要爷爷肯去住院，别说是一把椅子，让我们把床搬过去也不是个问题。爷爷坚持走到了门口，然后才坐上我们早已准备好的轮椅。他非要抱着他的龙头拐杖——别忘了，这也是他的产品啊。他说，一迈出家门，我这三条腿基本上就变成摆设了。

我们的车都停在楼下，有奔驰，本田，皮卡，别克商务——商务车还是我从朋友那里专门借来的，有一次我和爷爷聊天时他对这款车赞赏有加。他说如果他要买车的话就买这一款。我们征求爷爷的意见，问他坐哪一辆车。好我的老人家，这时候他又矫情了。他说，医院能有多远，我就坐轮椅去，我想顺便欣赏一下路上的风光。

好吧，我们推着爷爷向医院进发。我们开路的开路，断后的断后，有人给爷爷撑着遮阳伞，有人给爷爷端着水杯，这支队伍威风啊。大姑说，老人家，你这是皇帝出宫巡游呢。二姑说，老人家，不亏你是大户人家的子弟，排场啊。爷爷瘪着嘴笑了笑，晃了晃脑袋。爷爷说，想当年咱们家良田千亩，北京城有咱们家的面粉厂，还有两个四合院呢……嗨，爷爷又在讲古，谁稀罕听呀？

既然没人接茬，爷爷就不讲了。我推着轮椅，爷爷让我停下来。他喝了两口水，二姑帮他擦了擦汗。爷爷往路边指了指说，这是不是原来的五金厂，不像话，都盖成高楼大厦了。好我的老人家，这是路边的一片绿地好不好，草长莺飞，哪有什么高楼大厦？没有人纠正爷爷，他又往另一边指了指说，那边原来是棉麻公司，想当年我还当过他们的技术顾问呢。

走在后边的四姑突然间抽泣起来。三姑劝慰她，结果三姑也哭了。三姑抽泣着低声说，老人家这次去了医院，也许就回不来了。这话说的，幸亏爷爷耳朵不好使。爷爷听收音机的时候总是把音量调得老高。说话的时候感觉和谁吵架似的。

来到医院，爷爷开始了紧锣密鼓的检查。我们担心爷爷不配合，没想到他十分顺从。一进医院的大门，爷爷就不吭声了。爷爷又瞎又拐，关键是挺着那么大的肚子，肚子里装着那么多坏水，他做个检查不容易啊。我还没有近距离观察过爷爷的肚子，光知道他挺着个大肚子。我帮爷爷把衬衣解开，撩起来，他的肚子真是大得触目惊心，感觉快要把整个身体都装进去了。他的肚脐眼也趁机造反，像一只多余的、不可思议的耳朵一样翻卷出来。爷爷根本不能仰卧，呼哧呼哧地喘。我们只好扶着他，让他半仰着身体。爷爷真是不容易啊。

检查完后，我们把爷爷推回病房，把他扶到他的太师椅上，这才松了口气。爷爷靠在椅背上，闭着眼睛，鼻息紧凑而又微弱。我们提心吊胆，仿佛这时候才发现爷爷的病情多么严重。我们帮爷爷擦汗，按摩双腿，把他趿拉着的布鞋脱下来，他的脚肿得像面包一样。老人家，喝点水吧。老人家，想吃点什么？老人家，打盆热水泡泡脚好不好？我们小小翼翼地问，担心爷爷失明的眼睛再不会睁开似的。终于，爷爷扳着太师椅的扶手慢腾腾地把腰杆立起来了。我们赶紧去扶，爷爷喘了口粗气问，这是在病房？得到肯定的回答，他停了停又问，你们确定没有把我推到妇产科？嗨，我们都笑了，这才像我们的老人家嘛！

爷爷和他的主治医师罗医生说，罗医生，你放心大胆地治，你可以拿我这个又瞎又拐的老头子做试验嘛，医学上的进步也是需要大胆尝试的。罗医生笑着说，老人家，你会逐渐好起来的。然后罗医生把我们叫到他的办公室，他扶了下眼镜，收起了善意的谎言。罗医生说，爷爷的病已经十分严重了，肾脏已经感染，如果通过输液补充白蛋白效果不明显，如果患者憋胀得厉害，只能做穿刺引流了。然后罗医生讲了一大堆医学术语，诸如肝昏迷、脑死亡什么的——这个我们其实知道，我们百度过不止一千遍了。我们想知道爷爷还能维持多久，罗医生说，老人家想吃点什么，喝点什么，有什么心愿，尽量满足他吧。

这种语重心长的话没有谁爱听。来到楼道里，姑姑们的眼窝又湿了。三姑赌气说，我们是来看病的，不是听他教育我们怎样做子女。四姑说，要不转院吧，我们到省城最好的医院，找最好的专家。伤心的时候难免会丧失理智，她们也就说说而已，人家罗医生的话有什么错呢？

回到病房，我们自然会开心起来。我们不能让爷爷悲悲戚戚地走完他的一生。其实不需要我们刻意，爷爷太配合了。爷爷豁达啊，幽默啊。爷爷摇头晃脑，端坐在他的太师椅上输液。爷爷问，你们觉得我的病还能治？得到肯定的回答，爷爷说，那我听你们的，不听话的老人家不是老好人家嘛。然后爷爷又问，除了利尿，输蛋白，穿刺放水，难道就没有更好的办法？好我的爷爷，这问题太专业了，我们哪能答上来？爷爷说，我倒是想出一种好办法，如果能在我的肚皮上种几株老玉米，根须会把一肚子坏水都吸收掉，这可是上好的肥料啊。我们赶紧附和，老人家你想象力太丰富了，这真是一种好办法。爷爷又摇头晃脑地笑，或者笑着摇头晃脑。爷爷说，那当然，老人家有十七项发明专利呢。

罗医生说的真没有错，我们最关心的还是爷爷的饮食问题。我们隔一会儿就会问爷爷，老人家想吃点什么呀？爷爷摸着他的大肚子说，还吃什么，首要的问题是去库存。那也得吃呀，吐故纳新嘛，人口多难道就不生孩子了？这话说的，我们也变得幽默了。爷爷说，好，那就吃点，可是我吃什么呀？我连南关老王熟肉店的酱牛肉都啃不出香味了。老人家你想想嘛，开动脑筋总能把想吃的东西想出来。爷爷又摇头晃脑地想。爷爷说，我想起马三立的《报菜名》了，马三立单口相声说得真好，马三条腿还立着呢。爷爷呵呵呵地笑，我们也跟着笑。我们逼着他继续想，爷爷果然想出来了。爷爷说，再给我从冰箱里拿一筒冰红茶。

三

晚上，本来计划由父亲和我陪护爷爷。父亲是家中长子，也是爷爷唯一的儿子，而我是爷爷唯一的孙子。我们都知道父亲和爷爷合不来，两个人聊不到一起。姑姑们把我叫到楼道里叮咛，一定要照顾好爷爷，要让老人家开心哪。等我们回到病房，爷爷一句话就把我们的计划打乱了。爷爷说，晚上让我的好孙儿陪我，你们都给我回去。

好吧，那我就一个人留下来。爷爷神思敏捷，声音洪亮，远还不到那个时候吧。何况，我还想和我的爷爷聊聊天呢，父亲是有点多余了。小时候，我喜欢缠着爷爷讲古。爷爷太忙了，只要有时间，他就会给我讲他家的故事。爷爷说，那时候我们家良田千亩，房舍百间，你知道千亩有多大吗？爷爷声情并茂地比画着，就算他的胳膊再长也比划不来千亩良田吧。爷爷说，一九四六年，你曾爷爷带着我们逃到了北京城，那可是坐着国民党的运输机去的北京，想当年北京有咱们家的面粉厂，还有咱们家两处四合院呢……

爷爷年轻时候的声音还在我耳边打转，现在他老了，他挺着个大肚子，眼瞅着将不久于人世。现在，热闹了一天的病房安静下来，如曲终人散般让人悲凉。我把门轻轻合上。我望着我的爷爷。

爷爷说，我的好孙儿，他们都走了？

我说，走了。

爷爷说，真走了？我怎么感觉沙发上还坐着一个人？

我吃了一惊，望着墙角那两只单人沙发。棕黄色的皮面塌陷下去，空空荡荡。

爷爷呵呵呵地笑了笑。

爷爷说，我和我的好孙儿开玩笑呢，来，扶爷爷上一趟卫生间。

来医院以后，罗医生最关心的问题好像就是爷爷的小便。爷爷服了那么多利尿药，怎么就不知道小便呢？尽管我们再三劝阻，爷爷还是喝了三桶冰红茶。爷爷肚子里的负担太重了。

我抓住爷爷的胳膊，扶着他站了起来。爷爷把他的龙头拐杖忘记了。我往后退，爷爷跟着我缓慢地挪步。我感觉到爷爷的重量通过手臂向我压过来。走几步他就开始喘。

爷爷说，走慢点，休息一下。

我把爷爷的两只手搭到我肩上。我翻起手腕抓着他的肩。他的肩太瘦了。

爷爷说，我的好孙儿，咱们爷孙两个像不像是跳舞？

爷爷说，我年轻的时候你奶奶不让我跳舞，她是个老顽固。

我笑了笑，却又想哭，其实好多事情奶奶还是管得住爷爷的。

爷爷在抽水马桶上蹲了十多分钟。出来的时候我问他，爷爷，坏水排了多不多呀？爷爷说，爷爷用洪亮的声音说，不管它了！

我安排爷爷躺到了病床上。我摇动着床尾的手柄，调整着床头那边的角度。爷爷侧身躺着，他的身体缓缓地浮起来，肚子上像是扣着一口锅。有一瞬间，我感觉他在下滑。白天爷爷一直坐在他的太师椅上，一直在和我们说笑，他需要好好睡一觉的。

护士进来了，她打开了心电监护仪，连接在爷爷的手腕上。屏幕上闪耀着红色和绿色的曲线，那是监测生命的信号。护士还让爷爷戴上了氧气罩，这是重症患者的标配，没道理拒绝。

但护士一走，爷爷就把氧气罩和手腕上的连接线拽下来了。爷爷说，把那个咕噜咕噜乱叫的家伙关掉。他指的是床头上方的氧气筒。我不想关，爷爷说，我的好孙儿，我了解自己的身体，今天晚上咱爷俩好好聊一聊。

好吧，原来爷爷也想和我聊天呢，我们两个不谋而合。我说，爷爷，我也想和你聊一聊。爷爷又呵呵呵地笑，笑得喘息起来。

爷爷说，你去把灯关掉，关了灯才是夜晚。

嗨，爷爷这话还蛮有诗意的。我关了灯，在另一张床上躺下来。我侧身躺着，和爷爷面对着面。就像刚才我扶着他到卫生间一样。如果我和爷爷都把胳膊探出去，我们的手可以握在一起。

门上镶着块椭圆形的直径足有一尺长的玻璃，走廊里的灯光照进来，房间里还是有点亮，但毕竟是夜晚。

爷爷说，我的好孙儿，你躺下了？

我说，躺下了。

爷爷说，白天是假的，夜晚才是真的。

我赶紧夸奖爷爷，爷爷这话多有哲理，爷爷是个诗人呢。

我以为爷爷又会呵呵呵地笑，我希望他笑呀，但爷爷哭了。爷爷突然间呜呜地哭了起来。爷爷越哭越厉害，简直是号啕大哭。

我吓坏了。我手忙脚乱爬起来，不知道该不该跑去喊医生。我把爷爷的头搂在怀里，就像搂着我的儿子一样。

爷爷别哭了，爷爷别哭了。我劝慰爷爷。我用手掌抹去爷爷的泪。爷爷脸上的皮肤又松又软，我摸到了层层叠叠的皱褶。

爷爷说，我肚子里胀得难受呀，白天我都是装的。

我没办法控制自己的泪水。好吧，那就陪爷爷一起哭。

我不清楚爷爷哭了多长时间，这段时间很长，或者
很短。

爷爷说，不哭了。爷爷果然就不哭了。爷爷说，我的
好孙儿，今天晚上咱们爷俩好好聊聊。

我说，好，咱们爷俩好好聊聊。

爷爷说，爷爷要和你聊一聊人生。

我说，好，聊一聊人生。

爷爷说，我的好孙儿，你对爷爷的一生怎么评价？

我说，爷爷儿孙满堂，功德圆满，爷爷的一生光明磊落。

爷爷又呵呵呵地笑了。

爷爷说，你像是给爷爷念悼词呢，悼词都是假的。

我说，爷爷的一生是顽强拼搏的一生，生命不息奋斗
不止的一生。

爷爷说，这还差不多，可你奶奶不理解我，你爸和你
姑姑们都恨我。

我说，爷爷你想多了，我爸和姑姑们都爱你。

爷爷说，爱是血液里的，恨是骨头里的。

我说，就算过去不理解，现在他们也理解你了。

爷爷又呵呵呵地笑。

爷爷说，不管它了，爷爷觉得这辈子没他妈什么遗憾。

我说，对，爷爷这辈子没他妈什么遗憾。

爷爷说，可是，一个人的人生怎么能没有遗憾呢？昨天晚上我就想起来一个未了的心愿，一想起来就放不下了，死不瞑目啊。

我赶紧说，爷爷你倒是有什么心愿呀？你快说，你的好孙儿会努力帮你完成的。

爷爷突然间翻了个身，要坐起来，我赶紧扶住他。

爷爷喘了两口粗气说，我的好孙儿，我身上里里外外像是着了一团火，你去从冰箱里给我拿一桶冰红茶。

四

说实话我心里没底。我猜不出病入膏肓的爷爷还有什么心愿，以至于死不瞑目。但我预感到爷爷的心愿不一般。爷爷的心愿恐怕会突破常理。

即便有这样的心理准备，等爷爷讲出他的心愿后我还是大吃一惊。我甚至不合时宜地笑了出来。好我的老人家，他想起他的初恋来了。

爷爷告诉我，在他和奶奶结婚前，曾经有过一段纯真浪漫的爱情。那可是爷爷的初恋啊。爷爷和一个叫王青霞的女孩情投意合，相处了八个月又十三天。两个人在小河边散步，在绵绵细雨中撑着油纸伞约会，一起去爬山，一起去采蘑菇，爷爷还带着青霞姑娘故地重游，逛过一次北京城，找到了当年住过的四合院呢。爷爷讲得声情并茂，他都顾不上喘了，一桶冰红茶竟滋润出如此的诗情画意。

我那青霞姑娘，她漂亮啊，爷爷说，她比林青霞漂亮，比林忆莲漂亮。

我那青霞姑娘，她温柔啊，爷爷说，她是我一生中见过的最温柔的女人，她是世界上最温柔的女人。

爷爷眉飞色舞——尽管我看得不是太清楚，他是有点老不正经了。我在想假如奶奶听到这些会是什么情形，会骂他老流氓，或者比蟑螂还要流氓吗？

爷爷说，我的好孙儿，你也是有过初恋的人，初恋多么让人难忘，初恋是风雨中的思念，初恋是山楂树下许下的诺言——我的天，老人家连"鸡汤"都用上了。

爷爷说，关键是，问题的核心是，我的青霞姑娘太完美了，她天真烂漫，她开朗大方，她超凡脱俗，她知书达理，你根本想象不出她多么好，她完美无瑕啊。

我憋不住又想笑。我说，爷爷你太幸福了，如果你和你的青霞姑娘结了婚，那我就会有一位完美无瑕的奶奶。这话说的，让我的奶奶情何以堪？

我可是诚心诚意恭维我的爷爷，谁能想到他又瘪着嘴哭了起来。他呜呜地哭，越哭越厉害，比刚才还哭得响亮。我的好孙儿呀，爷爷说，爷爷二十岁那年和青霞姑娘分手后就再没有见过，爷爷还想见她一面，要不爷爷死不瞑目啊！

好吧，爷爷把他的心愿讲出来了。爷爷把他一生未了的心愿托付给了我，托付给了他的好孙儿。

这真是一个难以了却的心愿。想想看，爷爷和他的青霞姑娘都分手六十年了，六十年从来没有联系过，白云苍狗，生死茫茫，我去哪儿才能找到她？是要上寻亲节目吗？我推着又瞎又拐，挺着个大肚子的爷爷走向希望之门？不，爷爷已经等不及了。

但换一个角度想，这又是一个很容易化解的难题。就算真能把青霞姑娘找到，爷爷还能看得见吗？何况，爷爷根本就没准备接见青霞姑娘，他只是想看一看青霞姑娘的照片。对，看一看，他就是这么说的。就算当年的青霞姑娘已经去世，他也想知道她老了以后变成了什么模样。

爷爷说，我的好孙儿，你觉得找起来难度大吗？

我说，是有点难度。

爷爷不吭声，我又说，但爷爷你别忘了，现在是信息时代，何况你好孙儿的媳妇还是一名户籍民警呢。

回家后我把爷爷未了的心愿讲给我的妻子。当然，她不是我的初恋。她捂着嘴笑。我承认她的笑不是大问题，换了我我也会笑。但我反感她的笑。我说，你笑什么？你就不能以权谋私一次，帮我的爷爷完成他一生未了的心愿？可是，她说，就算你认为这么干有必要，完全可以变通一下嘛。

我把"王青霞"三个字输入百度搜索引擎，它为我找到了40500个搜索结果。我一条一条地看，这些王青霞中有豫剧演员、儿科医生、小学教师、职业经理，有网络小说中心狠手辣的后妈。我甚至在一家算命网站上查看了王青霞这个名字的五格五行，"意志不够坚定，计划欠周详，境遇虽可安定但有患精神衰弱和其他疾病的风险"，这都什么呀，我不想往下看了。

后来我又搜索图片。我果然看到了冰清玉洁的女孩，风姿绰约的女孩，闭月羞花的女孩，她们太年轻了。她们都叫王青霞。她们怎么可能是我的爷爷心里藏了六十年的王青霞？

晚上我来到医院，爷爷问我，我好孙儿的媳妇帮我找到了没有？我说，好我的爷爷，哪能那么容易呢？爷爷说，弹指一挥间，六十年了，是不容易。

爷爷真是有点落寞。我赶紧说，虽然没有找到，但还是发现了两条重要线索，发现了两个疑似爷爷心中的王青霞的奶奶。

这话有点别扭了，我的脸有点烫。爷爷说，真的？我的好孙儿，你快给爷爷讲讲。于是我告诉爷爷，河北唐山有一个叫王青霞的奶奶和爷爷要找的王青霞有点像，她祖籍山西晋中，人虽然老了，那可是慈眉善目，风韵犹存啊。

爷爷说，好，有可能，我的青霞姑娘会不会在唐山地震那年过去救灾，然后再没有回来？

我担心爷爷仔细盘问，老人家思维敏捷，这个谎不好圆呀。

我抓紧给爷爷讲另一条线索。那个叫王青霞的奶奶居住在新疆的达坂城，达坂城的姑娘美如画嘛。爷爷说，我的青霞姑娘跑去援疆了？嗨，我可不是写小说的，漏洞百出嘛。

好在爷爷没有深究。突然间，爷爷好像对这个问题不太关心了。爷爷呼哧呼哧地喘。爷爷不想和我聊天了。爷爷说，我的好孙儿，爷爷累了，咱早点睡。

我当然睡不踏实。后半夜三点多，我迷迷瞪瞪地睁开眼睛，我好像做梦了。昏暗的光线里，我看到爷爷的病床上空空荡荡。我吃惊地坐起来。我的眼窝湿了。我还以为我的爷爷像梦一样的影子般飞走了呢。我看到我的爷爷一动不动地坐在太师椅上。他是什么时候爬起来的，怎么又坐到椅子上了？他就不怕再摔一跤吗？他经不起折腾了。

我不想拖延了。我知道我的爷爷等不起。我从百度图片里下载了一个女孩的照片。当然，她叫王青霞。青霞姑娘啊，我在心里默念着，请原谅我的粗鲁，请原谅我侵犯了你的肖像权，谁让你长得这么漂亮，这么——完美呢？为了我的爷爷，我什么都顾不上了。

我知道有这种软件，它可以让人眨眼间变老。一个二十岁的青春少女，可以看到她八十岁时白发苍颜的样子。

我把处理好的照片装进了一只牛皮纸大信封。当然，现在该叫照片上的女人青霞奶奶了。我的青霞奶奶鹤发童颜，她微笑着，真是风度翩翩啊。

我来到医院，等着父亲和姑姑们离开病房。现在，病房里就我和爷爷两个人。爷爷仿佛已有预感。我们爷孙两个仿佛达成了某种默契。

爷爷说，他们都走了？

我说，走了。

爷爷说，你把我的青霞姑娘找到了？

我说，找到了，你好孙儿的媳妇可是费了九牛二虎之力。

爷爷说，好。

我把照片从牛皮纸信封里拿出来。它几乎和信封一样大。我不敢正视青霞奶奶的笑容。我说，爷爷你看看，你好好看看你的青霞姑娘。

爷爷说，好。

我把照片交给爷爷。爷爷一只手捏着它，另一只手在照片上抚摸着。他的手指在抖。我一下子握住爷爷的四个手指，把指尖放到照片的脸颊上。我说，爷爷，你摸摸她的脸。爷爷摸了摸。爷爷说，好，你青霞奶奶的皮肤好，白净，光滑，没有皱纹。我又把爷爷的指尖放到青霞奶奶的鼻子上。我说，爷爷，你摸一摸她的鼻子。爷爷又摸了摸。爷爷说，好，你青霞奶奶的鼻子好，能闻到酱牛肉的香味。我又让爷爷摸青霞奶奶的眼睛，我猜想他会说什么。

我的耳边已经预先响起他的声音。我想让爷爷一直摸下去，就像从头到尾抚摸他的一生。

但我的爷爷厌倦了。他突然就厌倦了。他把照片丢到了一边。就像当初丢开那个闪闪发光的荣誉证书。他的动作坚决，果断。我慌乱地直起身，把手缩回来，好像被爷爷扇了一巴掌似的。

爷爷说，我太累了，我他妈现在就想好好睡一觉。

丹妮的背影

闻燕来清楚，如果不去的话，她以后再不会有机会了。

她的目的地是殡仪馆。这也是所有人的目的地。昨天下午，她在公园遇到了当年的工会主席黄原生。她和黄原生十几年没有见面了，但还是一眼就认出了他。不过，瞬间她就作出了不去打招呼的决定。她扭身走向二十米开外的一棵龙爪槐。龙爪槐的树枝上挂着一台巴掌大的录音机，播放着第六套广播体操的音乐。她的男人，那个叫董会明的老头子又在荫凉里做操呢。董会明两个月前大病了一场，现在还没有恢复过来。都七十多岁了，就算恢复也不可能活蹦乱跳的了吧。但看得出来董会明还是很努力。

正因为努力，弯腰驼背、颤颤巍巍的动作越发显得滑稽了，呈现的不过是对青春岁月的怀恋。她没有想到，在她距离董会明还有七八米远的时候，黄原生从身后追了上来。"小闻——"黄原生兴冲冲地喊，她只好转过身来，并且让脸上准备了些许意料之外。"小闻，真是你呀，身材还这么好，一点儿都没有变！"黄原生上前抓住了她的两只手。她想把手抽回来，又想，既然邂逅了老同事，过分一些也还可以接受吧。但她还是厌恶黄原生那两只手，那两只手不仅患过白癜风，手背上还爬着鸡屎一样的老年斑。她往龙爪槐那边瞅了一眼，广播操的音乐还在放，董会明圈在肩膀上的一条胳膊岔了气般停顿下来。刮着一点风，她担心老头子那条胳膊咔嚓一声折断。

当然，黄原生和闻燕来聊到了一些同事。比如温小素，大前年就老年痴呆了，看到谁都叫表哥。比如郭德全，跑到小日本看孙子去了，一直操心着中日之间因为钓鱼岛开战呢。比如杜海燕，去年冬天买彩票中了二十万大奖，因为给福利院捐了五万，儿媳妇还和她闹了一场意见。杜海燕的情况闻燕来其实知道。年轻时候两个人面对面坐了两年，关系还是不错的。这几年，同事中她也就和杜海燕有点联系了。而所谓联系，也就是过年的时候通个电话。但她并没有告诉黄原生这些。想想看，告诉不告诉，联系不联系，有什么关系呢？大家都老了。在她印象中黄原生喜怒不形于色，不轻易开口的，但现在却口若悬河，好像不讲到日落西山决不肯罢休。"小闻，"黄原生说，"你为什么不参加单位组织的体检，身体不重要，关键是大家每年都能见个面！"黄原生似乎还在履行着工会主席的职责，继而讲到了几个死去的同事。其中一位，闻燕来一点儿印象也没有了。她思忖着如何摆脱黄原生。董会明当然是最好的理由，他那条胳膊终于放下来了，傻子般望着他们。她下了点决心，正要开口时黄原生的语调却伤感起来。"小闻哪，年轻时候比工作，年纪大了比身体，咱们可要保养好呀，你看看我，每天早晨都会跑步，打太极，下午再出来遛个弯……"闻燕来嘴角抽了抽，这句话让她把过去的黄原生完全想起来了，看来有些东西靠年龄是遮掩不住的。这家伙也许早就认定董会明是她的老头子，拐弯抹角地试探她对不对？她笑了笑，决定把董会明隆重地介绍给黄原生。可这时候黄原生却问她："小闻，这两年你见过老段没有？老段，段卫国，我昨天才听说……"黄原生拖着话尾巴，闻燕来的眉头顿时间皱紧了，甚至察觉到一种撕裂感。"老段怎么了？"她问。她的神色肯定显出某种慌乱了。"是这样，老段，老段的老婆前天晚上去世了，遗体告别仪式明天上午十点半在殡仪馆举行，是我儿子告诉我的，我儿子和老段的儿子现在是同事……"黄原生还在讲，闻燕来滞留在鼻孔里的一口气喷涌出来。她感到了一阵眩晕。

闻燕来察觉到了自己的失态。庆幸的是，刚才和黄原生聊天的两个老头过来把他扯走了。看得出来，现在的黄原生还挺有市场。"小闻，我刚搬到这边，把你的手机号告诉我，以后常联系呀！"黄原生走出去一截后又扭过身来，闻燕来摇了摇头，脑袋越发晕了。她抬手想抓住什么，后退了一步，把董会明的胳膊抓住了。老头子不知什么时候站在了她的身后。

董会明并没有发现闻燕来头晕。他以为闻燕来是要习惯性地搀扶他呢。"谁？那个老头是谁？"直到回到家里，他还在不厌其烦地问。必须承认，董会明大病一场后脑子有点不对劲了。他倒不像是老年痴呆，疑神疑鬼的，时常会问一些莫名其妙的问题。比如早晨起床后他会突然间问："燕来，如果我瘫到床上，你会照顾我一辈子吗？"闻燕来笑着回答："还一辈子呢，一辈子快完蛋了！"晚上躺下的时候又会问："燕来，如果有来生，你还会嫁给我吗？"闻燕来反问："你说呢？"最让闻燕来郁闷的是昨天晚上看电视的时候，董会明突然间说："燕来，经过激烈的思想斗争后我还是决定告诉你，年轻时候我干过对不起你的事情……"闻燕来吃惊地望着他，"你给我闭嘴！"她几乎是吼出来的。吼出来也没多大威力了。风烛残年，黄土埋到脖根上了，这个老家伙开始思考爱情了吗？

这天晚上闻燕来也回想着年轻时候。如果真要说什么对不起，她同样干过对不起董会明的事。董会明在二百里外的一家军工企业工作，直到四十七岁才调回来。这种状况，多少出点儿问题也算情理之中吧。三十六岁那年，他们的儿子已经读初中了。她记得很清楚，那个夏天出奇地热。单位给大家分西瓜，大卡车拉到了家属院，黄原生帮她扛上了六楼。黄原生想竞争工会主席，希望出卖体力给自己加分。看到黄原生的套头衫几乎湿透了，她便到卫生间拧了块毛巾，让他擦擦汗。黄原生接过毛巾的时候，顺势把她抱住了。她吃惊地抖，直到黄原生湿乎乎的身体把她焐热，才吃力地把他推开。你想干什么？她吼了一声，那时候可是字正腔圆。黄原生愣怔了一瞬，慌乱地退到了门前。小闻，我还以为你一直喜欢我呢，不喜欢就算了，算了……然后狼狈逃窜。她发了半天呆，愤怒地劈开了一只西瓜。

对于黄原生，闻燕来根本就谈不上喜欢或者不喜欢。不喜欢是在他为了升迁把好些劣迹暴露出来以后。后来她承认了，如果没有黄原生的造次，她八成不会和段卫国产生那段情感纠葛。她和董会明聚少离多，已经适应了清心寡欲的生活。但此后她的心思有点乱了，这种奇妙的感觉连她自己都说不清楚。两个月后，段卫国帮她把两袋大米扛上了六楼，在她同样把毛巾递给他时，两个人迟疑了一会儿，抱在了一起。

与黄原生比起来，段卫国沉稳、踏实，还有点大男孩般的腼腆。他们相互把持着，并没有抵达那种不管不顾的境地。一个月，甚至更久，两个人才会私下里聚一次。聚一次也未必在床上。她奇怪自己居然没有对董会明生出些许愧疚之情。她清楚，她和段卫国之间并不是她所向往的炽热爱情，但她还是希望能持久一些。

但闻燕来和段卫国的关系仅仅维持了一年半。私密的交往并没有惹出事端，闻燕来却体味到，女人的心思终究是不好把握的。有一次，他们在一起的时候段卫国随口讲出了妻子的名字。丹妮最近很忙，她同样记得很清楚，他就是这么说的。她把脸沉下去，段卫国并没有意识到他的口误。还有一次，段卫国又把她的丹妮扯出来了。她真是有点生气了，但还是努力把持着。想想看，就算段卫国讲到了自己的妻子，她有什么道理生气呢？她把淤积在肚子里的恶气化解成了玩笑。段卫国，她捏着他的鼻子说，听说你家丹妮可是个大美女，哪天带我去见识见识？段卫国吓坏了，傻呵呵地笑。你笑什么，什么时候带我去呀？段卫国耷拉下脑袋，她笑得前仰后合。她还和段卫国提过要求，让他把老婆的照片带一张给她看，段卫国同样没有满足她。她这么干更像是打情骂俏，没有想到的是，随着时间的推移，这个愿望竟变得越来越强烈了。

段卫国的妻子宋丹妮是第三人民医院神经内科的大夫。有一次，她专程跑到了三院，希望能悄无声息地一睹宋丹妮的芳容。她已经在护士的指引下来到了病房门口，宋丹妮正在里边查房。她看到了宋丹妮穿着白大褂的背影，看到了她的披肩发。她甚至忘乎所以地发起了呆。宋丹妮甩了一下长发，仿佛抽了她一鞭子，她扭身跑了。还有一次，她带着儿子去逛商场。儿子抱着一个足球，她牵着儿子的手乘旋转扶梯下行。一抬头她便把段卫国看到了，段卫国搂着一个披肩发的女人正乘着扶梯迎面升上来。她慌乱地垂下头去，并没有看清那张脸。她下决心要把头抬起来，终究是没有，直到擦肩而过后才扭头看了一眼她的背影。

此后不久，她便和段卫国结束了那种关系。段卫国并没有赖着她，甚至没有看出来伤心，这也算两个人的默契吧。后来，段卫国便调离了他们的单位。一开始她还想，段卫国的调动与她有一定的关系，后来又觉得没什么关系了。如果有关系的话该是他和黄原生的关系。黄原生战胜了他，坐到工会主席的交椅上了。就这么回事，她和段卫国的关系自生自灭，顺其自然，过去也就过去了，好像也没留下什么遗憾吧。

不，遗憾当然有，闻燕来没有能正面看宋丹妮一眼。她觉得有些可笑，宋丹妮长什么样，和她还有什么关系吗？但她就是丢不掉这个遗憾。段卫国调走后，她又去过一次三院，但事到临头还是退却了。她的退却不是因为胆怯，连自己也解释不清，正如解释不清这个荒唐的遗憾。四十三岁那年，她患了轻度的脑梗。她选择到三院就医，希望以患者的身份光明垒落地看宋丹妮一眼。遗憾的是，那阵子宋丹妮外派学习去了，这莫非是天意？她忽略了自己的病情，甚至想着等宋丹妮学习回来后再来一次。据说，脑梗很容易犯病的。事实上那时候她的遗憾已经沉潜到心底，被庸常的岁月掩盖起来。有一点风吹草动，却还是沉滓般泛滥起来。到两个月前，董会明还是住到了三院。这可不是她的选择，她的遗憾不可避免地再次浮出了水面。她去神经内科打问宋丹妮，宋丹妮早就退休了，因为身体原因并没有返聘。她回到病房，董会明戴着氧气罩，发出来压抑的呻吟。

现在，老头子董会明就躺在闻燕来的身旁。两个人十几年前就基于互不干扰的原则分床睡了，五年前又为了相互照应搬到了一起。夜渐渐深下来，董会明终于把嘴巴合上了，她圈着身体一动不动。她想搬到另一个房间去，让呼吸和思绪自由一些。她的脑海里跃动着那个留着披肩发的背影。董会明翻了个身，轻声叹了口气，老头子是要陪着她失眠吗？幸亏他耳朵有点背，并没有听到段卫国的名字。

早晨起床后，闻燕来把去殡仪馆的决定告诉了董会明。董会明皱着眉头问她："谁，到底谁死了？"闻燕来笑着说："我不是说过了吗，一个同事，昨天黄原生告诉我的。""黄原生拉着你的手，还和你说了些什么？"董会明又这样问，尾随着她进了卫生间。她有点把持不住了："我要上厕所，你跟进来干什么，你去吃饭呀！"董会明只好退出去，老头子大病一场后不光变得疑神疑鬼，而且开始怕她了。她在卫生间待了有半小时，化了简单的妆，更多的时间在端详着自己。她抚摸着自己的皱纹，镜子里遥远的地方是一张张年轻时候的脸。她抖了一下，从镜子里把那个披肩发的背影看到了。

董会明一直候在卫生间门口。"你化妆了？"闻燕来一出来他便问，"你难道不是去参加追悼会，是去相亲？"老头子终于把不满直截了当表现了出来，瘦弱的腮帮子配合着。她不希望生气，耐着性子解释："其他同事也会去，总不能邋里邋遢的吧。""那杜海燕会不会去？"老头子又问，她快烦死了。她去衣橱里找衣服。她需要穿得庄重一些，体面一些。她不光要去送别宋丹妮，而且还要握着段卫国的手安慰他呢。昨天晚上，她的脑海中呈现过这样的画面。这么多年过去了，段卫国变成了什么样，看到她后会吃惊吗？"你还是别去了，殡仪馆那地方不吉利。"老头子又追到了衣橱前，她用夸张的动作把多年前穿过的一件黑外套塞了回去。"我和你不一样，我不怕死！"她说。"这不是怕死不怕死的问题，我是说不吉利，要不，我陪你一起去吧！"老头子开始央求她，她扑哧一声笑了。

她当然不会让老头子陪她去。她把他哄了一会儿，逼着他吃了面包，喝了牛奶，叮嘱他待在家里看电视，然后便要出门了。"还是让儿子开车拉你去吧，我打电话把他叫过来。"老头子又扯出了儿子。"儿子忙，我自己可以。"她尽量和颜悦色。"天阴着，说不定会下雨的。""那我带上伞。""还是我陪你去吧！"她笑了笑，把老头子摁在了沙发上，拍了拍他的脸。老头子流下来一挂口水，她快步出了门。电梯还没有下来，老头子不可避免地追出来了。"手机你带上了吗？"老头子扶着门框喊，她的眼窝子突然间有点热，瞬间体会到一种生离死别的意味。有那么一瞬间，她甚至不想去了。

老头子不是在诓她，天果然阴沉着。城市不算大，殡仪馆在城市的南面，退休前她去过两次的。其中一次是送别杜海燕的丈夫，后来杜海燕又结婚了。她拦了一辆出租车。刚上车，老头子的电话打了过来。"走到哪里了？"老头子问。"刚上车。"她答。"路上要小心。""嗯。""不准你哭呀！""哭什么？""要不你让司机等一等，还是我陪你去吧！""你疯了？你不觉得你是个累赘吗？"她又烦躁起来，挂断了电话。电话又响起来，开车的小伙子扭头瞅了她一眼，她举起手机看了看，这一次是儿子。儿子说："妈，你去殡仪馆干什么？""怎么了？我怎么就不能去殡仪馆？"她反问儿子。儿子说："妈，还是我陪你去吧。"她说："有你去的时候，你别听那个老头子的。"

儿子笑了。儿子说："那我就不听他的，路上你小心点。"儿子挂断了电话，她想起来，有一次段卫国帮她修水龙头的时候让儿子撞上了。儿子都四十多岁了，还记得那个眉心长着颗黑痣的段叔叔吗？

闻燕来问了一下开车的小伙子，正常情况下到殡仪馆需要四十分钟。她觉得走得有点早了，她可以在街上散散步，然后再打车，候在殡仪馆算什么事？除了段卫国，她还会遇到熟人吗？黄原生会不会去？她想的有点乱。她发现堵车了，小伙子连着摁了几次喇叭，骂起了市长。小伙子理着板寸，虎背熊腰，好像和年轻时候的段卫国有点像。仔细想想，又觉得一点儿也不像了。"小师傅，我不急的。"她安慰小伙子，小伙子蹬着腿后仰着身体。"奶奶呀，你不急我急，皇帝不急太监急！"小伙子这么说，她扑哧一声笑了。"你多大了？"她问。"二十七。"小伙子答。"我虚岁七十二。""我到七十二还他娘早着呢，烦死了！"车子往前挪了挪，又停下了。"烦什么，年轻多好，世界是你们的。"小伙子笑了。"奶奶，也就是您，换了别人我可不去殡仪馆，你去那个鬼地方开会？""开会？""追悼会呀，是亲戚还是朋友？""算是朋友们吧。"小伙子撇了撇嘴，"奶奶，是不是年轻时候的相好？"她的脸一下子烫起来。她往窗外看，车辆挤得密匝匝的，突然间操心起来，如果一直堵下去，会不会错过告别仪式的时间？

后来就不堵了。越到城边，车子驶得越快。天空飘起了毛毛雨，她看着看着又有点晕。她记得以前不晕车的。她已经好些年没有乘出租车了。车子突然间停下来，她捂着胸口，直起了腰。"到了？"她问小伙子，又觉得不太像。"奶奶，再有一里地就到了，我们有规矩的，不能过去。""规矩？""不吉利呀，您自己走过去吧。"她准备付钱，头还在晕。"我给你加十块的买路钱，你送我到门口成不？"小伙子没有吭声，启动了车子。她看到了殡仪馆的招牌，大门显然是重新修建过了。"停下吧，停下吧。"她突然间喊了起来，声音有点激动。小伙子刹住了车，扭身不解地望着她。下车的时候她打了个趔趄，扶住了车门。小伙子麻利地从车上跳下来，绕过来扶住了她。"奶奶，你行不行呀？你家人怎么让你一个人来？"她冲小伙子摆摆手，毛毛雨淋在脸上，感觉舒服多了。小伙子帮她撑开了伞，她又收了回来。

殡仪馆大门两侧都是销售丧葬用品的店铺，尽管下着雨，还不算寥落。她走着走着头就不晕了，甚至感觉神清气爽。路面湿滑，她提醒自己小心一些。她最终还是穿上了那身黑外套，裤子是灰色的，松松垮垮，这身装扮很奇怪是不是？她弯下腰把裤腿卷起来一些，店铺里的人向她走了过来，有个中年妇女甚至像是在奔跑。他们七嘴八舌地推销着商品，有人想扯她的胳膊，她笑了。"你看看，"她说，"我这胳膊腿可经不起折腾。"他们便收敛了许多，她又觉得有点不好意思了，犹豫了一会儿，不自觉地跟着那个奔跑的女人走向她的店铺。店铺前摆着用鲜花扎的花圈，阴雨的天气里生机勃勃。墙上挂着的纸花圈却早就枯萎了，像腌制过后，又被暴晒过的死人脸。她是要买花圈吗？当年送别杜海燕的男人时她记得买过一个，这一次也买？她甚至觉得买花圈的念头有点滑稽了。但既然走进了店铺，她还是买了一束百合花，付钱的时候还没有想好这束花如何处置。她看了看手机，才九点半，距离宋丹妮的告别仪式还有一个小时呢。

进了殡仪馆的大门，一条笔直的石板路在两旁苍松的护卫下通向深处。树两边的空地上种植着菊花，红的、白的、紫的，现在是秋天嘛。她往远处看，一幢白色小楼的后边，竖立着一根灰蒙蒙的大烟囱。雨丝还在飘落着，她没有想到殡仪馆如此空旷，清幽，怎么看不到人呢？树上的鸟在叫，她沿着石板路往前走，听到了自己细碎的脚步声。

她突然间停下了，好像有点怕，更像是迷失。她回想着上次来殡仪馆时的情景，又走了一截，看到了通往左边的岔路，同样被比肩接踵的苍松护卫着。对，顺着这条岔路往前走，拐一个弯，就可以看到吊唁厅了。她加快了脚步，快要拐弯的时候听到了机器切割草坪的声音。她闻到了青草的气息，感觉像是在荒野里看到了一缕炊烟。拐弯以后，她果然看到一个老头子背着一个割草机站在一处草坪上。快到近前的时候老头子抬头瞅了她一眼。老头子的脸烧伤过，还不算狰狞，她忍了忍还是问："师傅，吊唁厅在前边是不是？"老头子抬手指了指，她松了口气，好像一个棘手的问题得出结论来了。"来早了吧，九点半这个档好像没有人，稀罕。"老头子说，割草机的声音停了下来，她又掏出手机来看了看。她当然知道时间。她在出租车上把手机调成了静音，董会明制造了九个未接来电。"要不你去接待室休息休息吧。"老头子又朝一个方向指了指，她笑了笑表示感谢。"要不你随便转转，熟悉熟悉环境，昨天有个戴帽子的家伙就是这么说的，熟悉环境！"老头子笑了，比刚才好看了一些，看样子想和她聊聊天呢。"我来这里五年了，这里有好多故事，你说世界上到底有没有鬼？"老头子丢下割草机，来到了石板路上后跺了跺脚，碧绿的草屑从他裤脚上滚落下来。"这里真安静。"她说，她不想回应老头子的问题。"安静？"老头子说，"一会儿就热闹了，哭的哭，闹的闹，像是在演戏呢，晚上才叫个安静，谁都不和我说话，都在回忆过去。"老头子又朝一个方向指了指，该是存放骨灰的那幢房子吧。她不想和老头子说话了，沿着岔路返回去。拐弯的时候她扭了一下头，老头子好像还在冲她笑呢。她想起来年轻时候看过的一个电影。如果她还年轻，这个怪老头肯定把她吓坏了。世界上到底有没有鬼呢？

　　她又往前走，就像老头子说的那样，熟悉熟悉环境。她拐上了右边的一条岔路。走着走着，她看到了一面红砖墙。红砖墙留着个豁口，蓦地想起来，这里是祭典区。她犹豫了一瞬还是走到了豁口前，然后闻到了纸灰、食物和酒精发酵以后混合出来的气味。砖墙垒成了院落的形状，里边打了好多隔断，她发了一会儿呆，好像做着某种甄别，拿不准该走进哪一间似的。她突然间明白手里捧着的这束百合花该怎么处置了。或许，买花的时候她就有了潜意识，在见到那个叫丹妮的女人之前，她应该为她献一束花。她走进了墙角的一个隔断。隔断里边被烟火熏得黑乎乎的，地上还散落着没有燃尽的纸钱，花圈架子，还有两个黑乎乎的酒瓶子。她用脚尖清理出一块地方，蹲下来，把鲜花插上。她听到自己在呼哧呼哧地喘，远处的鸟在叽叽喳喳地鸣叫。她的脑海中又呈现出那个披肩发的背影，要不要和她说几句话？但她不知道说什么好。她想站起来，突然间又是一阵眩晕。如果这时候非要站起来，她担心会摔倒。她垂着头，一只手撑到地上，等待着这阵眩晕飘过去。她感觉好多了，似乎没有勇气站起来，这副样子是在低头谢罪吗？她把百合花的花瓣轻轻揪下来，一片一片洒到脚下。她没有抬头，烟熏火燎的砖墙上似乎浮起一张女人的笑脸。她忍不住咳嗽了一声，好像真的有点怕了。

后来她便听到嘈杂的声音从远处传来。那个老头子说得对，一会儿就热闹了。她终于离开了祭典区，回到了笔直的石板路上。她拍了拍裤腿上的泥迹，有两块已经拍不掉了。雨丝密了一些，她撑起了伞。她觉得应该抖擞一些。跺了跺脚，果然不是那么轻飘飘的了。她看到结伴的人流从通往吊唁厅的那个岔口拐过去。她在距离岔口七八米远的地方停了下来。她躲在伞的下边，那些人看不到她的脸。她担心甚至盼望着看到一些熟悉的面孔。有一个男人往她这边瞅，好像是郭德全，郭德全不是在日本看孙子吗？又想，郭德全不可能这么年轻了。人们三三两两地往过走，消失在拐弯处。一个老头子被一男一女搀扶着，她听到了嘶哑枯败的哭声。某一截肠子像是拧了一下，那个老头子是段卫国对不对？她把目光收回来，又使劲送出去，段卫国无论如何不该是这副样子吧。她忍不住叹了一声气。石板路上的人越来越少，后来干脆看不到了，但她还一直站在那里。她突然间听到了咳嗽声，一扭头，看到了刚才那张烧伤过的脸。这个怪老头什么时候跑到她身后来了？怪老头又冲她笑，她收起雨伞跑了起来，一口气跑到了岔口。她已经好多年没有跑过了。拐弯后她放慢了脚步，又掏出手机看了看时间，未接来电达到了十一个。她不是来参加宋丹妮的追悼会吗？眼瞅着就要十点半了。她呼哧呼哧喘息着，脚步变得吃力。她看到了老头子刚才抖落下来的绿草屑，有人踩踏过后不那么绿了。又拐了一道弯，她看到一座崭新的建筑后吃了一惊，她记得吊唁厅不是这个样子的，看来原来的吊唁厅已经拆掉了。几个男人在台阶下抽烟，她看到了"吊唁厅"三个字。她又停了下来。她没有想到吊唁厅门口居然站着两个穿着制服的保安。

停了一会儿，等抽烟的男人进去以后，她还是硬着头皮走了过去。她似乎听到了时间流淌的声音，不想错过最后一次机会了。但她还是有点紧张。她的两条腿有点紧张。

她觉得不应该这样的，老同事的妻子去世了，她来参加追悼会无可厚非。她已经给那个叫宋丹妮的女人献过一束鲜花了。她调整着自己的呼吸和步点，并且抿了抿被细雨打湿的稀薄头发。她还抹了一把脸，以示某一种决心。她想，这两个保安该不会让她出示身份证吧。这些年来，她感觉被热血沸腾的生活抛弃了。来到门前，她便和他们笑了笑。笑完以后她觉得不应该笑，她是来参加追悼会的。但那两个保安并没有理会她，他们在说笑。上台阶的时候她脚下一闪，摔倒了。好在不严重，她扶着台阶爬起来，那两个保安不再说笑，其中一个问："奶奶，你没事吧。"她摇了摇头，再次冲他们笑了。她往大厅里走，面前是一幅巨大的屏风，上边是松鹤延年的图案。光线有点暗，一束灯光从某个角度照过来，她又感到一阵眩晕。不过她还是看清了屏风前面立着的一块牌子，并且看清了牌子上的黑字："任大为同志追悼会，第一吊唁厅。"她愣住了，吃力地揉起了眼睛。其实她的眼睛没有多大问题的，只是有一点花，有一点轻微的白内障。她又停顿了一会儿，似乎听到了哀乐声。她返身出来，问那两个保安："小师傅，十点半不是宋丹妮的追悼会吗？"她听到她的声音在喘，肚子里有一个部件好像悬起来了。"任大为。"其中一个保安朝里边指了指。"可是，为什么不是宋丹妮？"她又问，两个保安全都笑了。"奶奶，"一个保安说，"这个问题我们可不好回答。""那宋丹妮的追悼会什么时候开，下午？""奶奶，我现在就帮你看看。"说着，一个保安掏出来一张纸，"下午是刘小双。""那明天呢，明天是谁？""明天我们可不知道，奶奶要不你去办公室问问吧。"

她并没有去办公室。离开吊唁厅门口，走到拐弯的地方，她突然间发脾气了。其实也不算突然，她把雨伞恶狠狠地摔到了地上。他娘的，她在心里骂，肯定是黄原生把她捉弄了。她掏出手机，想给黄原生打电话，但她并没有黄原生的号。她差点儿把手机也摔出去。她愤怒地往前走，走得跌跌撞撞。"黄原生，黄原生……"她咬牙切齿地念叨着这个名字，突然间又想，黄原生就算有点阴，无论如何不会拿一个人的生死开玩笑吧，一大把年纪了，记错了时间是不是？如果她给黄原生留下电话号码，说不定他早就把这个差误改过来了。这样想倒是她自己的责任。这样想，她就不那么生气了。手机闪亮起来，她摁下了接听键。她听到了杜海燕的声音，张口就问："追悼会到底什么时候开？""谁的追悼会？"杜海燕反问她，她支吾起来，看来杜海燕并没有得到这方面的信息。"燕来，你到底参

192

加谁的追悼会去了？"杜海燕又问，"你家老头子给我打了三个电话，逼着问我你和黄原生当初关系怎么样呢！"她吃了一惊，挂断电话后哑然失笑。雨丝还在飘落着，她加快了步伐，想快点儿离开这个鬼地方。快出殡仪馆的大门时，她给董会明打了个电话。董会明的声音很冲动。"燕来，你在哪儿呀，你真的参加追悼会去了？到底谁的追悼会？"这个问题她不想回答。停顿了一会儿后她才说："老头子，你给我安安稳稳待在家里，等我回家给你做饭。"说着，她突然间感觉后背上冷飕飕的。猛地转过身去，她看到了一个长发披肩的背影。

水果炸弹

　　春天，王阿姨带我去相亲。我在凤城一条便民巷卖水果，王阿姨是老客户，喜欢天黑以后到我的水果摊前溜达。有一天她问我："大魁，找上对象了没有？"我笑了笑，她也笑。"我给你介绍一个怎么样，明天早晨七点你在巷口的公交站台等我，去和女方见个面。"我没有想到王阿姨如此爽快，慌忙送了她一大串香蕉。第二天一早来到公交站台，她果然没有失约。我又问她女方的情况，她说："到时候你不就知道了？"

　　我们乘上了三十一路。车上的乘客不算多，王阿姨坐在了车门这边最前边的位置。我坐在她的身旁。"今天天气不错！"王阿姨说。她是在和开车的女司机打招呼。她有老年优待证，坐公交不花钱，和司机都熟悉了。司机是个小鼻子小眼的姑娘，头发染成酒红色。她冲王阿姨笑了笑，还瞟了我一眼，八成把我当成王阿姨的儿子了。我问王阿姨："王阿姨，咱们在哪儿下车？"王阿姨说："我下的时候你就下。"我点了点头，心里说，这还不是废话吗？过了一会儿我又问："王阿姨，我的情况你和女方说了吗？"王阿姨说："说了，你的情况很不错。"我不知道说什么好了，司机再次瞟了我一眼。她听到了我和王阿姨对话，觉得有点搞笑是不是？

公交车驶出两站后车上的人多起来。到第三个站台，一个老头子拄着拐杖颤巍巍地爬上来，我赶紧给他让座。王阿姨一把抓住了我的手。"大魁，你给我老老实实待在这里。"我便站在她的身旁，忍不住又问："王阿姨，我们到底在哪一站下车呀？"王阿姨："大魁你急什么，你说坐公交好不好？"我说："好，既环保，又省钱。""三十一路公交尤其坐得人心情舒畅是不是？""对，心情舒畅。""那咱们干脆别下了，坐他一整天！"我吓了一跳，王阿姨该是和我开玩笑吧，她要带我去相亲，怎么能在这坐一整天呢？

又过了五站，王阿姨终于要下车了。我扶着她从后门下来，她和公交车摆了摆手。"王阿姨，咱们往哪边走？"我问她，她朝不远处一家批价超市指了指："大魁，你回去吧，我要去逛超市。"我吃了一惊，疑惑地问："王阿姨，你不是带我去相亲吗？"王阿姨说："大魁呀大魁，你可真是个呆子，就是那个公交车司机呀！"

我也觉得我有点呆。三十一路公交在凤城的北面绕圈子，我又等来一辆，回到了卖水果的那条巷子。我本来想把刚才坐的那一辆等回来，可无论如何想不清楚那个司机的样子了。我觉得应该谨慎一些。这种相亲方式我可没有经历过。

我刚走进巷子，就听到了黄米和他老婆董树林的吵闹声。这两口子也卖水果，摊位就在我的旁边。黄米身材和我差不多，董树林却牛高马大，两口子隔着装水果的纸箱子又对上阵了。生意不好的时候他们经常这样打发时间。董树林说："黄米，你真是个流氓！"黄米说："董树林你是个无赖！"董树林说："你不得好死！"黄米说："今天晚上你会梦到猪八戒强奸你！"周围看热闹的人全都笑了，没有谁过去劝架。我跑过去想把黄米拉开，董树林抓起一根香蕉砸在了他的头上。黄米推开我，把整把子香蕉抡了起来。董树林又去抓草莓，然后是苹果，看到有人把滚到路中央的苹果捡走了，突然间扑上来把我搂在怀里："大魁呀，我今天就和这个狗日的离婚，求求你娶了我吧！"黄米也说："大魁呀，求求你，今天就把这个狗日的带回家吧！"两个人这么说我也习惯了，我吃力地推开了董树林，气呼呼地说："你们都别说了，我已经找上对象了知道不？"黄米和董树林全都愣住了。黄米说："大魁，你真的找上对象了？""当然是真的。"董树林说："大魁你骗人吧，说说看，你对象干什么的？"我说："公交车司机！"

话一出口我就心虚了。我和那个公交车司机才见过一面，八字还没有一撇，这还不是在吹牛吗？黄米和董树林再问我对象的事，我死活不肯说了。他们果然认为我在吹牛。我的心里乱糟糟的，还是没有把那个司机的样子想清楚，中午连饭都没心思吃。我想给王阿姨打个电话，可根本没有她的号。一直到天色暗下来，黄米他们已经拉下摊位的卷闸门回家了，王阿姨扛着一卷卫生纸出现在巷子里。

"大魁呀，人家姑娘同意和你处对象了！"王阿姨气喘吁吁地说，我真是又惊又喜，说话都有点结巴了。"为了能坐上她那辆公交，我等了一个多小时呢！"王阿姨放下卫生纸，我回过神来，给她装了一袋子梨。后来又觉得应该装点苹果，怎么能送她梨呢？王阿姨倒是不介意，叮嘱我说："大魁呀，我给你们牵上了线，以后就看你的了，一定要主动点呀！"我慌忙点头。王阿姨又说："人家姑娘叫温小素，我下车的时候专门问了她的手机号，可一看到你就给忘了！"

王阿姨走后我想了想，就算她忘记了手机号也无关紧要。关了卷闸门后我来到了巷口的公交站台上。天这么晚了，温小素不可能再转回来，但我还是等了她一个多小时。我不急于回家和我爸也有一定的关系。三年前我妈出车祸死了，从那以后他便越来越沉默。他已经退休了，每天靠捡矿泉水瓶子打发时间。他操心着我的婚姻大事，以前隔一段就会问："谈上了吗？"现在他连这么简单的一句话都懒得说了。我害怕和他呆在一起。

回到家里后我爸已经在他屋里睡了。但餐厅里还亮着灯，桌上留着饭。桌上还摆着我妈在世时候用的那只兰花碗，上边孤零零地搁着两根筷子。三年了，我爸总是这么干，有时候我甚至觉得他挺浪漫的。我吃饭的时候时常会把我妈想起来。我妈出车祸的前两天有点奇怪。也是在饭桌上，她对我爸说："郑国强，你要答应我，如果我死在你前面，一定得给大魁找个对象。"我爸没好气地说："那还不如我死在你前面呢！"那一年我已经三十岁了。

我正嚼着馒头，突然间听到了细碎的脚步声。一抬头，我爸把我吓了一跳。他站在餐厅门口，昏黄的灯光下像一头瘦弱的鬼。我想喊一声爸，还是没有喊出来。"刚才我梦到你妈了"，我爸说，我点了一下头。"你妈告诉我，你找上对象了。"我又点了一下头。"我决定把这个交给你！"我爸说着，把手里捏着的一张银行卡放在了餐桌上。他放在我妈那只兰花碗的旁边。银行卡里的钱是我妈拿命换来的，四十三万。我奇怪他这么干，慌乱地站了起来。"我已经找上对象了，公交车司机。"我忍不住说。我看到我爸的嘴角斜了斜，好像要笑。他并没有笑出来，扭身轻飘飘走了。他穿着灰色的睡衣，皱巴巴的，屁股上沾着一团卫生纸。

一晚上我都没有合眼，大清早又来到了巷口的站台上。这个时间，我本来该骑着三轮车到农贸市场进货的。等到七点钟，温小素终于开着公交车过来了。我一晚上都没有把她的样子想清楚，现在清晰地看到了她。她果真是小鼻子小眼的，鼻尖有点翘，脸蛋像苹果一样圆，皮肤好像不那么光滑。我先是躲在站牌后面偷看她，后来狠了狠心，跟在别人的屁股后边上了车。投币的时候我没有敢正视她，她好像也没有留意我。

　　和昨天一样，车上的人还不算多，我又坐在了车门这边最前边的位置。"你好，我叫郑大魁。"车子启动后我终于开口了，但声音不太高。她目视前方，并没有搭理我。她在专心致志地开车呢，我不应该打扰她是不是？"你好，昨天王阿姨和我坐过你的车……"车子行驶到另一个站台前，我又和她说话。这一次声音比刚才高，她肯定听到了。"您好，欢迎乘车！"她终于开口了，却是和上车的乘客问好。突然间，她扬起双臂伸了个懒腰，把头扭了回来："刚才你是在和我说话？我还以为你打手机呢！"她直盯盯地望着我，我慌乱地垂下头去。"我想起来了，你昨天和那个姓王的老太太坐过我的车，她说你叫什么魁来着？"她笑了起来，一边说话一边笑，我好不容易才把头抬起来。"郑大魁，大小的大，魁梧的魁。"我希望自己的回答令她满意。"可你看起来一点儿也不魁梧呀！"她还在笑，我的脸上热辣辣的。我确实不够魁梧。"我叫温小素，很高兴认识你，欢迎您对我们的服务进行监督。"说完，她扭回身去，车子又启动了。"小温，今天天气不错，昨天，王阿姨把你的手机号忘记了。"忍了忍，我还是开口了。

她熟练地操作着方向盘，开车的样子可真好看。她腾出一只手朝上边指了指，我以为车身上有她的电话号码，看到的却是"请勿与司机闲谈"。我和她找对象算不算是闲谈呢？车子再次进站，上车的人越发多了。我又让出了坐位，不好意思再打扰她。我盼望着车上的人少起来，可人越来越多。绕了一大圈，到上车的地方，我便下车了。这是我们第二次见面。

　　下车的时候我有些失落。想想看，她总共才和我说了几句话？她好像对我的身高不太满意，我自己也不满意。"欢迎您对我们的服务进行监督"，她这话什么意思呢？但她摁了一下喇叭，我一下子就不失落了。我也像王大妈那样冲公交车摆了摆手。想想看，大庭广众之下，她又能和我说什么？王阿姨不是说她同意和我处对象了吗？我回味着她和我说话时候的样子。她一直冲着我笑。

　　一晚上我都在回想着这次和她见面的过程。早上，我开着三轮车跑到了离公交公司最近的那个站台。这个站台在城边上，谢天谢地，一个候车的人都没有。这一次我是动了点心思的，带了一餐盒水灵灵的草莓，外边还包着一层保鲜膜。我差不多等了半小时，小温——我觉得现阶段这样称呼她比较合适——终于开着公交过来了。但直到车子停下来她都没有留意我。"您好，欢迎乘车！"我上车的时候她照例说，仰起胳膊又打了个哈欠。我站在投币箱前停顿着，她把头扭过来，皱着眉头笑了："什么魁，你怎么跑到这边坐车来了？"我也和她笑，心里说，这还用问吗？我把草莓递给她，她突然间尖叫了一声："天哪，你跑这么远专门来和我约会，专门来给我送草莓是不是？"刺啦一声，她撕去保鲜膜，捏了一颗草莓塞进嘴里。"太让我感动了"，她一边嚼着草莓一边说，"我最喜欢吃的水果就是草莓你知道不？"她的吃相有点夸张，我咽了一口唾沫。"傻站着干什么，快投币呀，职工家属也得投！"她又把一颗草莓塞进嘴里，我把一块钱塞进了投币箱。职工家属？她什么意思，我怀疑自己的耳朵出问题了。车子突然间启动了，我打了个趔趄，她腾出一只手把嘴巴捂上了。"我想起来了，那个王老太太说你是卖水果的，如果咱们处朋友，每一次见面你都会给我带草莓是不是？""那当然，你不是喜欢吃草莓吗？"我拍了拍胸脯，看到她嘴角上挂着红色的汁液，决定递给她一块卫生纸。她又尖叫了一声："规矩点，不许动手动脚！"她朝头顶上指了指，我看到了一个黑乎乎的摄像头。

这一次见面感觉好极了。以前别人也给我介绍过一些女孩，长得丑不说，谁都没有和我笑过。我从来没有体味过恋爱的滋味。这个叫温小素的女孩子，我已经喜欢上她了是不是？我坐着她的公交车又绕了一大圈，下车后发现停在路边的三轮车前轱辘没气了。但我一点儿都不生气。我推着三轮车走了两站地，一边流汗一边还在唱歌呢。以前我可从来没有唱过歌。修好了三轮车，我来到了农贸市场，特意多进了一纸箱草莓。为了挑选个头最大、颜色最鲜艳、汁液最饱满的草莓，我差点儿和批发商吵起来。我可不想和任何人吵架。

连着三天，我每天早晨都会给小温送草莓。她总是和我笑，我已经把她当成恋人了，这就是人们常说的一见钟情对不对？她还问到我家里的情况，问到我的收入，问到我和王阿姨的关系。她的家境不太好，我感觉到了。我差点儿把我爸交给我的那张银行卡扯出来。我又想起我妈来了。如果我妈在天有灵，看到我处了这么好的女朋友，一定会开心的。她还建议我，没有必要陪着她绕一个大圈，太耗时间了，我不是还要去进货吗？想想看，到第二个站台的时候就会有人上车，我们聊天就不方便了。真正属于我们的时间只有一站地。我听从了她的意见，坐一站后便下车走回去，开着三轮车去进货。我下车的时候她总是说：

"郑大魁同志，谢谢你的草莓呀！"我的心里暖洋洋的。我冲公交车摆了摆手，耳边飘荡着她欢快的笑声。

可这一天早晨小温却和我生气了。我上车的时候她正眼都没有看我。车门还没有关，我把草莓递给她，她接过去后顺手扔到了车外。"小温，你怎么了？"我慌乱地问，她显然是生气了。她摁下了某一个按钮，后门打开了。我赶紧往后边跑，想下车把草莓捡回来。"谁让你给我带草莓的？"她吼了一声，我收住了步子。我小心翼翼地说："小温，你不是喜欢吃草莓吗？""喜欢就让我一直吃？你想把我吃死呀！我连早饭都没有吃，我的胃口早就出问题了你知道不？我年纪轻轻就腰椎间盘突出了你知道不？我每天说二百四十遍您好欢迎乘车你知道不？我每天开着这台破车驴一样绕圈子你知道不？我他娘还不如一头驴呢，驴都用不着憋尿！"

她一口气说了这么多，声音越来越高。她趴到方向盘上哭了。我不知所措地望着她。"小温，那你想吃什么，我这就下车去给你买。"我试探着说，她抬起头来捶了一下方向盘。她酒红色的头发飞舞起来，脸上布满了泪痕。"谁稀罕你的吃的？你给我下车，你下去呀！"她像是疯了。"小温，你，你到底怎么了……"我嘟囔着，她没有再看我。

她抬起袖子死劲地抹泪。公交车重新启动，她目视着前方，车子开得飞快，眨眼间便来到了下一站。"您好，欢迎乘车！"车门打开后她又向上车的人问好。我从后门灰溜溜地下车了。

　　我失魂落魄地往回返，感觉自己像一块垃圾一样，被温小素从公交车上丢下来了。我找到了那盒草莓，愤怒地摔在了马路上。坐到三轮车上后，我也捶了两下方向盘。我想哭，而且哭了。我没有去农贸市场，直接回到了巷子里。黄米和董树林已经进货回来了，两口子正从三轮车上把装着水果的纸箱子搬下来。黄米说："大魁，你怎么没有去进货？"董树林说："大魁哪还顾得上进货，大清早又去坐公交车约会去了！"我没有搭理他们，下车后在前轱辘上踹了一脚。黄米和董树林相互瞅了瞅，好像把我看透了。黄米说："大魁你失恋了是不是，大丈夫何患无妻？"董树林说："大魁，你肯定是让那个姓王的老太婆骗了，现在满大街都是骗子。"董树林还没有说完，黄米扯了她一把，王阿姨气呼呼地向这边冲过来。"谁是骗子？你说谁是骗子？"王阿姨握着一张卷起来的报纸，指住了董树林的鼻子。董树林说："你指着我干什么，谁是骗子谁清楚！"王阿姨说："那你说谁是骗子，有种的你说出来！"董树林说："说不说是我的自由，谁是骗子谁清楚！"两个人叫嚷着，又有人过来看热闹了。"你们都别吵了！"我气急败坏地挡在了她们中间。"你们别吵了，我都快烦死了你们知道吗？"我跺了一下脚，攥紧了拳头，果然管用。"大魁呀，天地良心，你王阿姨是一心一意帮助你，你可不能相信这种势利小人的话！"王阿姨说着，眼圈居然湿了，扯着我一直走到了巷口。"大魁，你和小温姑娘进展怎么样？"她这样问，我叹了一口气。"遇上困难了是不是？小温姑娘多好，摔两个跟头也值，你可不能太死相了呀！"说着，王阿姨把那张卷着的报纸展开了，整版刊登着市长关于整治环境卫生的讲话。"王阿姨，你让我看这个干什么？"我没好气地说，她用食指指住了一行用铅笔圈起来的字。"大魁呀，你看咱们的市长讲得多好，要不遗余力，千方百计，想方设法把市容环境治理好。""怎么了？我可没有破坏市容环境，我从来不乱丢垃圾。""大魁呀大魁，你可真是个呆子"，王阿姨把报纸卷了起来，"市容环境能整治好，对象也能谈成，你要贯彻落实好市长的讲话精神，不遗余力，千方百计，想方设法和小温姑娘处对象，该出手时就出手，听明白了没有？"

　　我好像真的明白了，甚至有那种豁然开朗的感觉。小温无非是和我发了发脾气，我有什么道理委屈呢？她工作多累，腰椎肩盘都突出了，连上厕所都不方便！她不光和我发脾气，还在我面前哭了呢，这还不是一个好兆头？我曾经买过一本《恋爱宝典》，第三十七页有一句话说得多好，如果一个女孩在你面前哭，说明她已经把你装到心里了。我可真傻，还踹了车轱辘一脚呢，踹坏了让谁去赔？

我知道小温每天中午有四十分钟吃饭和休息的时间。我给她发了一条短信："小温，我理解你！"很快她就把短信回了过来："谢谢！你是个好人，我不该和你发脾气，你肯定能找到自己的幸福！"我的脸霎时间烫了起来。摸了摸，真的是很烫。小温不仅向我道了歉，而且还鼓励我呢！对，我肯定能找到自己的幸福。我的幸福就是把她娶进家门。

我精挑细选了五种水果。我买了面包、火腿肠、巧克力和咸鸭蛋。我用双层保温杯盛了热乎乎的牛奶和豆浆。我拎着一袋子食物候在公交站台上，别人肯定以为我要到医院送饭呢。好在站台上还是我一个人。小温开着公交过来，车门打开，她果然又冲我笑了："天哪，你还来找我约会？"我笑了笑，没有忘记投币。"小温，牛奶和豆浆还热着，你快吃吧，人是铁饭是钢，你多吃点！"我把购物袋敞开让她看，她笑得越发灿烂了："可我今天吃过早饭了，就算没吃过，这么丰盛的早餐我也吃不下去呀，我在开车是不是？"我有些失望，又觉得没什么好失望的。"你坐下，让我说什么好呢，你可真是个呆子！"我便坐下来，她更像是在表扬我。"其实我很感激你的，我每天都在驴一样绕圈子，我就像个机器人，我快烦死了，女孩子有时候需要点情调，需要点浪漫你明白不？"我点了点头。"可我怕把你耽误了，因为你是个呆子。"我又摇了摇头："小温，我不怕，礼拜天我请你吃饭好不好？"她扑哧一声又笑了："请我吃饭？你是要请我吃烛光晚餐吗？""行，我请你吃烛光晚餐！"我拍了拍胸脯，可我不知道哪里能吃到烛光晚餐，她是要跟我回家吗？餐桌上摆上红蜡烛，多买几个菜，我痛恨自己这大年龄了就会炒个土豆丝。又想，我爸怎么办？如果他待在家里，那也太碍事了！

　　小温一个礼拜轮休一天。她是乡下人。等到休息的那天，她回家去了。她没有带我，大约觉得我们还没有发展到那个程度吧。又一个礼拜天，她说一个姐妹要陪孩子，她需要顶班。我想在她下班以后请她去吃饭，她说，太晚了，第二天她还要早起出车呢。想想也是，安全第一，我妈让汽车撞死了，这还不是一个活生生的教训吗？我觉得应该沉住气。王阿姨又到水果摊前鼓励我，我送了她一只大西瓜。"该出手时就出手"，她又鼓励我，我也不是小偷，公交车上怎么出手呢？小温提醒我，不能因为坐她的公交车耽误了做生意。用王阿姨的话说，就是"两手抓，两手都要硬"。我更改为隔一天坐一次公交。不坐公交的日子，我感觉就像挂着空挡溜车一样，心里空落落的，一点儿都没有底。我一天会往巷口跑好几次。有一次小温看到了我，摁了三声喇叭。我想，三声会不会代表三个字呢？我爱你？我的脸又烫起来。摸了摸，真的是很烫。这大约就是恋爱的滋味吧。

　　每天晚上我都会给小温发短信。我把发出去和收到的短信都存起来，后半夜看。其实短信的内容几乎每天都在重复。我问她：累吗？她回：累。我又说：那早点休息吧。她回：你也是。她住在公交公司的集体宿舍，我想象她睡觉时候的样子。想着想着就后半夜了。我爸仿佛看出了我的不正常。有一天晚上，我在吃饭的时候他问我："你真的找上对象了？"我点了一下头。我以为他接着会问女方的情况，比如工作什么的。我都把"公交车司机"几个字准备到嗓子眼了。我爸却叹了一口气。我爸说："我认真想了想，你还是把那张银行卡给我吧。"我奇怪他这么干。

后来我想，我爸会不会也找上对象了？那笔钱可是我妈拿命换来的。

这天晚上我又给小温发短信。我喝了点酒，手机屏幕上叠映着她的样子。其实我平时不喝酒，可黄米说这天是董树林的生日，非要让我请客。董树林也说："大魁呀，请就请吧，谁让你找上对象了呢？就当赔偿我精神损失费！"我们便在巷子里的一家小饭馆喝上了。我也就喝了二两，头却开始晕。喝了酒胆子就大了，果然是。我给小温发短信说：小温，我喜欢你，我明天要不遗余力、千方百计、想方设法请你吃饭！没想到小温的短信很快就回过来：我也喜欢你，明天我过生日，你请我吃烛光晚餐好不好？天哪，我的酒劲儿一下子就过去了。小温说她喜欢我，小温明天过生日呢！我感觉自己快要疯了。我抱着枕头逼迫自己平静下来。我又打开了那本《恋爱宝典》，心想，怎么样才能给小温过一个有情趣的，浪漫的生日呢？小温说过，有时候女孩子是需要点浪漫的。

这天晚上我的脑细胞都快用光了。窗帘透出亮色，我终于设计出一个自认为满意的方案。我并没有跑到离公交公司最近的那个站台，《恋爱宝典》上说这叫"欲擒故纵"。我开着三轮车来到下一站，车厢里满满当当装着三箱子苹果。这个站台上有五个人在候车，我彬彬有礼地问："请问你们哪一位乘坐三十一路公交？"五个人奇怪地望着我，后来一个女孩子说："我要坐三十一路，怎么了？"我笑着说："你能和司机说一声'祝你生日快乐吗'？她是我的女朋友。"女孩子愣神间，我塞给她一只苹果。"哇噻！"女孩子发出一声尖叫，"大哥，你真是太浪漫了，做你的女朋友太幸福了！"女孩子还在叫，我开着三轮车驶往下一站。"请问你们哪一位乘坐三十一路公交？"我还是这样问，这一次回应的人多了，我给他们每个人都发了一个苹果。我沿着三十一路公交的线路，途经二十一个站台后所有的苹果都发完了。我的耳边回荡着那么多人发出来的欢呼声。"大哥，你太浪漫了！""兄弟，你对女朋友太好了！""小伙子，祝你好运！"我从三轮车上下来后呼哧呼哧地喘，脸上肯定荡漾着幸福的红晕。我想象着小温接受祝福时候的样子，那么多的祝福会让她热泪盈眶是不是？我突然间操心起来，小温开着车呢，千万别因为激动出什么差误呀！我犹豫着要不要给小温打个电话，手机响了起来。我以为是小温打来的，却是黄米。黄米说："大魁，你在哪儿呢，赶紧回来！"我问他："什么事？""出大事了，你快回来呀！""到底什么事？""你的摊位着火了！"

最后一句话是董树林说的。她从黄米手里把手机夺过去了。我跳上三轮车，急匆匆往回赶。心想，怎么就着火了呢？这不是添乱吗？又想，就算着火又能有多少损失？与小温的快乐比起来，简直是微不足道，有一句话不是叫火烧十年旺吗？

我开着三轮车来到巷口，并没有看到烟雾。或许烧得不严重，早就被人熄灭了。巷子里的人比较多，我撇下三轮车跑了进去。我很快便看到了自己的摊位，哪有什么烧过的痕迹？"黄米，董树林，你们搞什么鬼？"我气呼呼地冲了过去，黄米和董树林嬉皮笑脸地望着我。"大魁，你往那边瞧！"董树林冲我喊，我顺着她手指的方向望过去，顿时间愣住了。一个小伙子扛着摄像机，一动不动地对着我。我还在发呆，小伙子身旁的一个姑娘拎着话筒蹦蹦跳跳地跑了过来。"您好，我们是凤城电视台的，您就是给乘坐三十一路公交的乘客发苹果的大哥吗？您真是太浪漫了，您的女朋友太幸福了！"我一时间无言以对。发苹果的时候我可没有遇到电视台的记者。周围的人越聚越多，比黄米和董树林吵架热闹多了。我想跑，又觉得不应该，我怎么能跑呢？"大魁，你要上电视了，快点讲讲你恋爱的事情呀！"董树林用她的毛巾帮我擦了一把脸，我越发懵了。

当天晚上的"凤城新闻"就播出了我发苹果的事迹。主持人叫我"苹果哥"，后来好多人都这么叫。记者不仅采访了我，还采访了王阿姨，采访了董树林。上了电视的董树林居然哭了。她说："大魁这人我太了解了，他是个诚实浪漫的好男人，我年轻时候就想嫁给这样的男人呢！"因为这句话，黄米发誓要和她离婚。小温当然也出现在了画面里，却影子一样匆匆闪过。她还在工作呢。她开着公交车越走越远，公交车消失在车流中后这条新闻也结束了。

我看这条新闻是在第二天重播的时候。那时候我都快烦死了。采访还没有结束，小温就给我打来了电话。但我顾不上接。我在电视屏幕上说的好多话都是那个女记者引导出来的。采访终于结束了，我从人群里钻出去，一口气跑到了巷口的站台上。我正要给小温回电话，她又打了过来。"小温，刚才电视台的记者采访我了。"我还没有说完，便听到了小温气坏了的吼叫声："郑大魁，你究竟想干什么？"我赶紧解释："是记者非要采访我。""你给那么多人送苹果干什么，你疯了吗？谁他娘过生日，谁他娘是你的女朋友？"我顿时间又懵了，小温这不是在骂我吗？就算生气，她也不应该讲脏话呀！"小温，你昨天不是说你喜欢我，不是说今天你过生日吗，我是想给你一份惊喜。""谁他娘喜欢你，谁他娘过生日，昨天是愚人节你傻子呀？你让老娘以后还怎么开公交，老娘让你整成凤城的名人了！"说完，她就挂断了电话。挂断电话前，我似乎听到了她的抽泣声。我靠住了站牌，然后软溜溜地滑下了去。"大魁呀，你快回来呀，成千上万的人要买你的水果呢！"黄米在巷口冲我喊，大步跑了过来。

确实有好多人要买我的水果。第二天，他们就开始叫我"苹果哥"了。我不遗余力，千方百计，想方设法把自己藏起来。我憋了一肚子气。我甚至想到了死，但我想把事情想清楚。小温，温小素，她什么意思呢？我查了查日历，请董树林和黄米吃饭的那一天果然是愚人节。其实我知道世界上有这个节日，只是不知道哪一天。

我当然不能去死，尽管我有点呆。我东躲西藏过了一个礼拜，然后就又去卖水果了。对，仅仅是一个礼拜，叫我"苹果哥"的人已经少下来。世界上每天都会发生好多事情，我不可能一直拥有这个光荣的称号。我想，既然好多女孩子都看不上我，温小素看不上也算正常吧。我开始还痛恨董树林和黄米，如果他们不让我请那顿饭，我也就不会拥有这个称号了。我甚至痛恨王阿姨，痛恨那两个惹事生非的记者，痛恨那三纸箱苹果。日子一天天过去，我渐渐也就没有了恨。黄米和董树林吵架的时候还会把我扯出来："大魁，我明天就和这个狗日的离婚，求求你娶了我吧。""大魁，求求你，把这个狗日的带回家吧。"他们还这么说，我懒得搭理。

但我却丢不下温小素。我跑到站台上，躲在站牌后边等待着三十一路公交。她骂过我以后我再没有见过她。我把她整成了凤城名人，她已经辞职了是不是？果然，有一天早晨我收到了她的短信：郑大魁，我已经找到了新的工作，回头想想，也不能怪你的，像我们这种人也许就不该有什么情调和浪漫。

接到她的短信时我的三轮车刚好行驶到巷口的站台旁。我停下车看完了短信，眼窝子顿时间热起来。我想哭，肚子里却又喷涌起仇恨。情调，浪漫，他娘的，我不知道在骂谁。我的泪让眼前的世界变得模糊起来。我突然间从车上跳下来，搬下一纸箱苹果。我看到一辆公交车缓缓驶来，抓起一个苹果向它砸过去。公交车停下来，我又砸。我听到了尖叫声，许多人跑过来围观。我还在砸，突然间看到我爸也跑过来了。我以为他会制止我，但他把手里的两个矿泉水瓶子像扔手榴弹一样扔了出去。然后他也抓起苹果砸向公交车。他砸出去三个苹果，我突然间清醒了。"爸，你糊涂了，"我拦腰抱住他，"撞死我妈的不是公交车，是一辆银灰色的'现代'！"

熊

抱

一

　　我和房小燕离婚二十三年后，我们的媒人孙丽英找到了我。孙大姐也老了，她在屋里遛了一圈，叹口气说，看来小丁你还是一个人过呀。我说，一个人多好，自由自在，无拘无束。孙大姐说，可人老了还是需要有个伴。孙大姐瞅着我堆在墙角的自行车配件，突然间鼻子一抽，捂上了嘴。我慌忙问，孙大姐你怎么了？孙大姐说，你姐夫一年前骑自行车去郊外踏青，半路上让大卡车撞死了，到现在凶手都没有抓到。我吃了一惊，反应过来"你姐夫"指的是孙大姐的爱人徐福生。那是个没有脾气的胖男人，孙大姐把我和房小燕叫到家里相亲，是他给我们做的饭。他一只手稳稳当当托着面团，另一只手不慌不忙挥着削面刀，细长的面片鱼一样跃进锅里。那场面我到现在都记忆犹新。

孙大姐哭，我只好劝她节哀顺变。我屋里连块纸巾都没有。等她平静下来，她和我聊起了房小燕。她问我，小丁，当初是小燕对不住你，你现在还恨她？我笑了笑说，这么多年了还恨什么呀。孙大姐说，宰相肚里能撑船，男人就应该有个大胸怀。我的脸烫起来，感觉孙大姐要帮我们复合似的。我猜测孙大姐找我到底有什么事，她一把扯住了我的胳膊。说小丁啊，这次大姐是替小燕来求你的，关键时候你无论如何得帮她一把。我愣了愣神，心想我又能帮房小燕什么呢？房小燕现在可是我们这座城市的副市长，昨天晚上我还在电视新闻里看到她呢。

孙大姐很快就解答了我的疑问。我们当初有个叫罗振东的工友现在做房地产生意，现在和房小燕闹翻了，正四处告她的状。孙大姐说，小丁你放心，小燕可没干什么违法乱纪的事，省里的巡视组马上要来了，罗振东是想陷害她，现在只有你能帮得了她了。

孙大姐这话倒不假。当年我和罗振东一个车间，有一天上夜班他不小心卷进了车床，是我眼明手快把他拽出来的。他的胳膊被挤压得血肉模糊，我抱着他一口气跑到了医院，最终他还是损失了两截手指。罗振东出院以后信誓旦旦地说，我的救命之恩他永远不会忘记的。果然，他三天两头请我喝酒，快把我烦死了。我们厂破产后，罗振东去南方发展，他想叫上我，被我婉言谢绝。五年前他从南方回来开发房地产，打电话叫我去他的公司上班，我再次谢绝了。我已经习惯了安静闲适的生活，赚多少钱又有什么意义呢？或许他认为热脸遇上了冷屁股，这几年再没有和我联系。

见我沉着脸不吭声，孙大姐焦急地问，小丁，你答应帮小燕忙了？我不置可否，心说房小燕也不是不认识我，她为什么不来找我呢？就算日理万机，打个电话总可以吧？孙大姐仿佛看穿了我的心思，说小丁啊，小燕她实在是忙，再说她也不好意思亲自来求你呀，当官有当官的难处。你想想看，如果小燕真要出什么事，晶晶这孩子将会承受多大的压力？

孙大姐扯出了我们的女儿晶晶，这丫头已经一个多月没有来看我了。

二

第二天上午我没有出摊。我记得很清楚，第一次给罗振东打电话是八点五分。如果电话接通，我会十分虚伪地说，兄弟，我们好久没有聚聚了，一起吃顿饭好不好？我想在桃园酒家宴请他，他一个大老板恐怕不会让我结账吧。但他并没有接我的电话。我打了五次他都没有接。

罗振东的振翔房地产开发公司就在我摆摊的那条街道上，隔着十几站地的距离。我骑着自行车赶过去，在公司门口被保安拦住了。那是一个二十多岁的胖小伙，瞪着眼问我，你找谁？我没好气地说，还能找谁，当然是罗振东。胖保安又问，你和我们罗总预约过吗？我说，罗振东也不是市长，见个面还需要预约吗？胖保安不让我进，我气急败坏地冲院子里喊，罗振东，你出来，把门口这个小兔崽子给我打发掉。尽管院子里没有谁回应，胖保安还是给镇住了。胖保安说，罗总不在，你要进去也可以，但必须先登记。

罗振东的公司其实是一幢临时建筑，外边罩着玻璃板，看起来富丽堂皇，其实是个空架子。一进楼门就看到一个大沙盘，是在建小区的模型。我的修车摊旁边是老邓钉鞋的摊位。老邓是个消息灵通人士，前几天他还问我，听说罗振东的振翔公司出事了，老丁你知道吗？我只是笑了笑。有一次和老邓喝酒，我不小心告诉他我和罗振东曾经是工友，真是后悔死了。现在看，老邓的话未必是空穴来风。公司里冷冷清清，哪有一点生意兴隆的迹象？

听到两个女人的说笑声，我循着声音走了过去。这间屋子挂着办公室的牌子，门虚掩着，我咳嗽了一声，说笑声戛然而止。等我把门推开，那两个中年妇女已经站起来了。其中一人皱着眉头问我，你找谁呀？我说，我找罗振东。她说，罗总不在。我说，那罗振东什么时候在？她说，我们哪能知道，有什么事你打他手机吧。我报出了罗振东的手机号，问她们罗振东是否还用着这个号码，她点了点头，另一个女人不耐烦了，说，你进来以前应该先敲敲门，这是起码的规矩。我不想和她计较，退出来后在过道里瞅了瞅。挂着董事长牌子的那间屋子，门关得严严实实。

从公司出来，我又给罗振东打了一次电话，他还是没有接。那个胖保安见我黑着脸，偷偷笑了一下，说，老哥我没有骗你吧，罗总不在公司。我说谁是你老哥，你应该叫我叔。胖保安说，老叔，你在公司找不到罗总，要不到工地上碰碰运气吧。他提供了一个楼盘的地址，尽管我不相信他的话，但还是赶了过去。

那是城边上两幢在建的小高层，楼房主体已经建起来，处于停工的状态。我想到楼门前看一看，一个老头牵着条大狼狗朝我走过来，一边喊，干什么的，施工重地不准久留。我掉头走了，狗在身后汪汪地叫。

折腾了一上午，我有点累了。昨天晚上就没有睡好，脑袋昏昏沉沉，饭也懒得吃。回家后我刚躺到床上，手机叫了起来，第一反应是罗振东把电话回过来了。却是孙大姐。孙大姐问我，小丁你找罗振东说过事情了没有？我说，我还没顾上找罗振东呢。孙大姐嘱咐我，小丁你千万要抓紧，巡视组马上要来了。挂断电话后我想，罗振东找都找不到，还怎么抓紧呀？罗振东也许换了手机号，我给过去的几个工友打电话，他们提供的都是我掌握的这个号码。有一个叫黄原生的工友气呼呼地说，小丁你找罗振东干什么，他让汽车撞死了。我吃惊地问，罗振东什么时候让汽车撞死的？黄原生说，忘恩负义的东西，早晚让汽车撞死。

然后我就想到了罗振东的前妻梅彩芳。梅彩芳和罗振东是在去南方后的第九年离的婚。据说罗振东从南方回来时带着一个小妖精，我从来没有见过。我之所以有梅彩芳的手机号，是前几年接过她两次电话。第一次她让我转告罗振东，"姓罗的他不得好死。"第二次她让我转告罗振东，"那个小妖精早晚会吸干他的血，榨干他的油，把他推到火坑里。"我当然没有转告，这和我有什么关系呢？

我拨通了梅彩芳的手机号，听出来我的声音，她急匆匆地问我，小丁你找我有什么事，是不是罗振东出车祸了？我支吾着，她又说，昨天晚上我梦到姓罗的让一辆大卡车撞死了。她的声音像是幸灾乐祸，又像夹杂着难以掩饰的哀伤。我赶紧告诉她，我是想打问一下她是否还有罗振东的其他手机号。她又问，小丁你找罗振东有什么事？我撒谎说，想找他借点儿钱。她在电话那端笑起来，我怀疑这个女人已经患了精神病。小丁啊，她说，你借钱干什么，是不是又找上女人了？你都五十岁了还找女人干什么？你找回来的十有八九不是女人，是麻烦，累赘，祸害……她喋喋不休，我咬牙切齿忍受着。好在最终她还是告诉了我罗振东的另一个手机号。我拨打这个号码，它根本就不存在。

这一天是我多年以来过得最烦躁的一天。晚上孙大姐又打来电话，我赌气没有接。她又打，我关掉了手机。躺下来后我想，房小燕出不出事干我屁事呀，她二十三年前就和我离婚了。她给我戴了一顶绿帽子，我到现在孤身一人。

三

晚上我又没有睡好。吃过早饭，我决定出摊。我蹬着三轮车，货仓里装着修理自行车的家什和各种配件。远远看到罗振东的振翔公司，我又改变了主意。我把摊位摆在了距离公司大门四五十米远，一家药店门前的路牙子上。我想，如果今天能遇到罗振东，我就和他说一说房小燕的事。如果见不到，那又能怪谁呢？这就有点守株待兔的意思了。

我把修车的家什搬下来，药店的人并没有干涉我。但这地方生意不好做，两个多小时，我只给一个老头补了次车胎，赚了三块钱。这也无所谓，如果我一个人过下去，这些年攒下的钱足够花了，晶晶用不着我去操心。又想，如果房小燕真要出什么事，确实会给晶晶带来麻烦。

我一边等生意一边朝振翔公司那边看，有一帮人叫嚷着，气势汹汹闯了进去，那个胖保安束手无策。但那帮人很快就骂骂咧咧出来了，他们是来找罗振东要账的。后来还进去一辆小轿车，我跑几步往院子里看，下来的两个人里并没有罗振东。我觉得怪无聊的，坐在马扎上发了会呆，城管的车开了过来。城管的车停下来，其中一人摇下车窗喊，这里不允许摆摊，赶紧走人。这小子和年轻时候的罗振东长得有点像，瘦猴子一般，四十八岁那年我的眼睛就开始花了。见我不搭理他，小伙子又喊，说你呢老头儿，没有听到吗？我说，没听到，老头儿耳背。其实我平时没这么气粗，一点儿都不喜欢惹是生非。果然，小伙子和开车的城管都从车上下来了，要搬我的工具箱，我和他们抢夺起来。我恐怕不是他们的对手。

就在这当儿，一个蜂腰细腿的年轻女人咯噔咯噔地朝振翔公司门口走去。她的鞋跟可真高。中秋节快到了，她还穿着皮短裙，亮晶晶的黄色短袄。胸脯高耸，短袄下露着明晃晃一截肉。她要进公司，胖保安不知说了什么，她抬手就是一个耳光。这耳光太响亮了，车水马龙的街道上都听得如此真切。我忘记了抱着工具箱，箱子往下一沉，差点儿砸到城管脚上。城管顾不上发脾气，追随我的目光往那边看。那女人从随身的小包里掏出了手机，操着南方普通话叫嚷，罗振东，老娘在你公司门口，限你半个小时内过来，要不老娘可要脱衣服了，让全世界的人看看你睡过的这副皮囊。

天哪，我回过神来，这个女人就是罗振东从南方带回来的小妖精吧。我急匆匆把工具箱搬到三轮车上，给城管道了个歉。我说小兄弟你放心，我不在这里摆摊了。话还没有说完，那女人把手机砸到了马路上。

不到半个小时，一辆越野车飞快地开来了，吱的一声停在了公司门口。这当儿，周围已经聚了不少看热闹的人，嘀嘀咕咕，交头接耳。车门一开，一个男人从后座挤了出来，我一眼认出来是罗振东，虽然他胖成了一头猪。罗振东几步跨到女人跟前，揪住女人的胳膊把她拽了起来，说，乖乖给老子滚回去。女人挥舞着另一条胳膊，尖声叫嚷，踢罗振东的腿。女人太轻了，像个衣服架子，罗振东轻而易举地把她塞进了后座。罗振东要上车，这时候我已经来到他身后。我说罗振东，几年不见你真是长本事了！罗振东扭头愣住了。

罗振东蹙着眉头看了我有五秒钟，突然间就笑了，突然间扑上来，结结实实地抱住了我。他抱得太紧，我好不容易挣脱出来。他问我，"钉子"你怎么会在这里？他称呼我上班时候的绰号，他的绰号是"骡子"。"钉子"总比"骡子"强。我说，你说我怎么会在这里？我打了一百个电话人家罗总你都没有接。罗振东慌忙掏出来手机看，拍了下脑门说，该死，我换了手机号忘了告你了。我盯着他拍脑门的那只手掌看，好像要把丢掉的那两截手指找出来似的。走，上车，他说，咱哥俩好长时间没有聚聚了。他搂着我的腰，让我坐到了副驾的位置，然后他坐到了后排。让我吃惊的是，那个妖精不闹了，变成一副小鸟伊人的样子，娇声娇气喊了声老公，把头搁在了罗振东的脖子上。罗振东一把扒拉开妖精，厉声说，下不为例，小心老子把你卖给人贩子。妖精撅起了嘴，我摇下半截车窗。

罗振东让司机先把妖精送回家，他家在德国小镇。然后司机把我们送到一家五星级酒店。临到下车时妖精说，老公，今天晚上你必须回家，我给你做广式宵夜。罗振东不耐烦地摆了摆手，那样子像赶苍蝇一般。来到酒店，罗振东带着我轻车熟路地进了一个包间，我以为他会点一桌大餐，没想到他只点了几个家常菜。以前他请我喝酒就是点的这几样菜，过油肉、虾酱豆腐什么的。他又让服务员到街上买了两瓶二锅头，感觉像是要忆旧了。钉子，他果然说，前几天我还梦到你呢，真怀念那段清纯岁月。他的话酸不拉叽的，不清楚是真是假。他用缺了两截手指的那只手给我倒酒，我夺下了酒瓶子。

然后我们就喝上了。我想瞅机会讲讲房小燕的事，罗振东却一直在怀念清纯岁月。这家伙连厂门口那棵老槐树上的喜鹊窝都想起来了。钉子，他说，没有你哪有我，你的救命之恩我一直记着呢。我点了点头，酒后吐真言，他说的该是心里话。我们不停地干杯。钉子，他又说，你知道我这些年多么不容易吗，我他娘是有苦无处说，打落牙齿自己吞到肚子里，好几次差点儿寻了短见，现在你知道我为什么找个小妖精逗乐了吧？就像养一只猫，不顺心的时候听它叫几声，让它舔一舔脚丫子。我装模作样地点了点头，心说我知道个鸟。我不胜酒力，头开始晕。

但我惦记着孙大姐托付我的使命，这他娘算什么使命呀？罗振东又和我碰杯，终于扯到了房小燕身上。他问我，钉子，房小燕当年给你戴了顶绿帽子，你记不记得我拎着酒瓶子找那个姓杜的家伙算账了？我点了下头，然后吃力地举起来。他讲的是事实。我救了他的命，厂里没有亏待我。不光是评先进，工会主席孙丽英还把厂办干事兼团委书记房小燕介绍给我。我和房小燕生下晶晶的第二年，她和团地委那个姓杜的家伙搞到了一起。罗振东酒后要去把姓杜的家伙废掉，一伙人才拦下来。他不像是表演。

钉子，罗振东又和我碰杯，世间最毒妇人心，你们都以为是我抛弃了梅彩芳，我比窦娥还冤呢。我笑了笑，该是傻笑吧。罗振东又骂房小燕水性杨花，忘恩负义，六亲不认，他讲了十几个成语，看来这些年真是长见识了。他瞪着血红的眼睛问我，钉子，你说房小燕坏不坏？我点了点头，她给我戴了顶绿帽子。钉子，罗振东咬牙切齿地说，房小燕现在更坏，她太贪了，太腐败了，我要给你报仇，我要告她的状，我要让她身败名裂，臭名昭著，死无葬身之地。我刚要和他说什么，一阵剧烈的眩晕，趴在了桌上。我把酒瓶子撞翻了。

四

是罗振东安排酒店的人把我送回去的。我吐得一塌糊涂。我趴在床上哭。酒真他娘不是什么好东西。后来我睡着了，直到后半夜才渴醒。我灌了一肚子凉水，感觉还像做梦似的。刚才我好像梦到房小燕了，想不起来她和我吵什么。我从柜子里翻出相册，找到了我们一家三口的那张合影。这张照片是晶晶一周岁那天拍的。那天我们请了几桌饭，给晶晶搞了个"抓周"仪式。晶晶先是抓到了算盘，后来又抓到了圆珠笔，房小燕说晶晶长大后肯定能考上好大学。照片上的房小燕面相浮肿，月子里她害了一场病。

但她在笑。我望着她的笑脸问她，房小燕，我没有和罗振东说你的事，你恨我吗？然后我又问我们的女儿，晶晶，爸爸没有和罗振东说你妈的事，你会恨爸爸吗？晶晶用小黑豆似的眼睛望着我，我影影绰绰听到了她的啼哭声。

我把相册收起来，想看一会儿电视。后半夜挺难打发的。我看到手机撂在鞋柜旁，匆忙捡起来，有十二个未接来电。我的手机从来没有这么忙碌过。十二个电话中，有九个是孙大姐打来的，她还发了两条短信。第一条她说，小丁啊，一定要抓紧，巡视组马上要来了，十万火急哪！第二条她说，小丁你见了罗振东后要想方设法千方百计不遗余力地说服他，都是自己人，有什么深仇大恨不可以化解呢？另外三个电话，有两个是老邓打来的，另外一个是晶晶。我下意识地给晶晶回过去电话，拨通后慌忙摁断了。过了一会儿，我还是给晶晶发了条短信。我问她给我打电话有什么事。没想到晶晶很快就回了过来。后半夜三点钟，她还没有睡。她说，明天中午我过去看看你，方便吗？她没有称呼我爸，见了面也是，有什么不方便的？过几天就是中秋节，她要例行过来看看我。我又发短信问她，晶晶你怎么现在还没有休息？她说，醒来了，上网呢。我不知道说什么好了。如果把电话打过去，也许能多聊几句。在她面前我感觉自己像个陌生人一样。天快亮的时候我想给罗振东发条短信。我并没有留下他的新手机号。

第二天一早，我步行去罗振东的公司。昨天罗振东打电话让胖保安把我的三轮车推到了公司院子里，我得把它讨回来。我过去的时候伸缩门还没有开，但我看到三轮车停在墙根下。等了半个小时，胖保安骑着摩托车来了，一见我就笑，说老叔，你和罗总真是哥们呀。我也笑了笑，说，那当然，当年我救过他的命。说完以后我又后悔了，和他扯这些有什么意思？我问他，你们罗总的新手机号你知道吗？他摇了摇头，疑惑地望着我。昨天，罗振东好像安排的是其他人，转告他把我的三轮车推进公司。

我蹬着三轮车来到摊位前，老邓已经来了，正抱着一只女人的长筒靴削鞋跟。老邓一看到我就叫嚷，老丁你昨天下午怎么不接我的电话？我说，我出门把手机落到家里了。老邓又问，你干什么去了，不是去相亲吧？我说，你打电话有什么事？老丁说，你两天没有来，有人想占你的摊位。我往下卸家什，老邓又说，老丁你听说罗振东的小老婆在振翔公司门口脱衣服的事了吗？我赶紧摇头，他戴着老花镜望着我。他又说，我还听说罗振东四处告房小燕的状呢。我手腕一抖，差点把工具箱扔掉。老邓不可能知道我和房小燕的关系的。他果然说，房小燕就是分管城建的那个女副市长，看起来风骚着呢，不清楚有什么大后台。

这天上午我干得心猿意马。活计真不少，一个胖女人给电动自行车换内胎，换完以后我花了半个小时才安装好。她不停地抱怨，说好我的师傅呀，看来你今天不在状态。

十点半我就收工了。我又把家里收拾了一下。打开窗户通了通风，好像闻不到酒味了。到十二点半晶晶才过来。晶晶给我带着两瓶酒，一盒月饼。她还要给我五百块钱。我不肯要，她丢在了茶几上。她说，酒和月饼不是我买的。我笑了笑，她接了个电话。我问她，最近生意怎么样？她说，就那么回事。晶晶大学毕业后房小燕想安排她到园林处工作，但她非要自己做生意。我又问她，你妈最近好吧。她说，我妈每天太忙了。她又看手机，手机并没有响。我狠了狠心又问，我听老邓说最近有人告你妈的状，可是真的？她果然把头抬起来，怔怔地望着我，隔了有三秒钟才说，如果有人敢欺负我妈，我会找他拼命的。她声音不高，憋着一股劲。后来她的手机又响，便告辞了。

下午我正要出摊，孙大姐来了。听到敲门声我就知道是她。她在楼道里喊，小丁你开门呀，我知道你在家。她喊了两遍，我把门打开，孙大姐拎着两只手提袋。孙大姐说，小丁我是老虎呀，你不接我电话，门也不开。我赶紧解释，刚才我在卫生间呢。孙大姐说，不管事情办得怎么样，小丁你都应该和我说一声呀，真是急死人了。我告诉她，我已经见过了罗振东。她急着问，那罗振东说什么了，他答应不告小燕的状了？我说，我和罗振东都喝多了，我也说不来他答应没有。孙大姐说，小丁啊，你还得去找他，大姐怎么和你说来着，想方设法，千方百计，不遗余力。

五

我试着打罗振东原来那个手机号，果然没有人接。我又试着去公司门口等他，希望小妖精故技重演。担心胖保安看到我，我躲在一棵大柳树后边，像做贼似的。后来我想，与其在公司门口碰运气，还不如去德国小镇找他呢。

德国小镇是富人居住的小区，上次妖精好像是在十八号楼楼门前下的车。我在旁边的停车场转了一圈，并没有见到罗振东坐的那辆越野车。我奇怪地记下了那辆车的车牌号，如果是手机号码就好了。我准备离开停车场，罗振东既然有司机，车不可能停在这里。这当儿，小区一个保安向我走来，他也是个胖子。我的样子引起了他的怀疑。没等他开口，我主动问，小兄弟，你知道罗振东住几号楼吗？保安给我敬了个礼，德国小镇的保安作风就是不一样。保安说，先生，您的问题我没办法回答，如果您找人，应该提前预约。我说，可是我没有他的电话。保安说，我们小区的规定是闲杂人等不得入内，那就请您出去吧。他朝门口指了指，我压制住怒气。我往外走，又试探着问，小兄弟，十八号楼是不是住着一个尖嗓子的南方女人？恐怕还不到三十岁。保安没有回答，又朝门口指了指。

我只好在小区门口等，又有点守株待兔的意思了。小区门口不断有车辆和行人出入，后来我都懒得去看了。太阳明晃晃的，小区大门两侧都是门面房，传来乱糟糟的声音。一家卖日化用品的门店前摆着台摇摇车，是小鸭子的造型，播放"数鸭子"的童谣，一个三四岁的小男孩都缠着奶奶坐了三次了。小男孩叫嚷着还要坐，我忍不住笑了笑。我忘记了这是什么地方，来这里干什么，下意识地跟着那只摇来晃去的鸭子默念起童谣。

但我又看到了那个妖精。她换了衣服，还是穿得那么少，咯噔咯噔地从小区里走出来。直到她从我眼皮子下走过，走出去十几米，我才撒腿追上去。我的脚步声把她吓坏了。她扭头看我，尖叫一声，我慌忙收住步子。我察觉到腮帮子不停地抽动。我说姑娘你别害怕，我是罗振东的朋友，咱们见过面。喊她姑娘真是有些滑稽，但我不知道怎么称呼她。她惊魂未定，捂着胸口望着我。你是不是人贩子？她眉头紧皱，警惕地问我，后撤了一小步。我赶紧说，我哪是人贩子，我和罗振东曾经是工友，我救过他的命。她说，那也不能证明你不是人贩子。我说，我喊住你只是想问一下罗振东的手机号，前天我忘记问他了。她说，我决不会告诉你。她的声音突然高起来，撒腿跑回了小区。好多人朝这边看，我没有去追赶她。

我准备回家，孙大姐的电话又打来了。她又问我事情办得怎么样，我没好气地说，罗振东不接我的电话。她说，小丁那你也得想想办法呀，中秋节一过巡视组就来了！我真想摔掉手机。我都五十多岁人了，她凭什么喊我小丁？挂断电话，她给我发来一条短信，让我"试着打打罗振东的这个号"。"这个号"一直存在我手机里，我早就背下来了。

好吧，那我就试试。回家后我躺到床上，给"这个号"发了条短信：骡子，看在我救过你一命的份上，你别告房小燕的状了，毕竟我们夫妻一场。没有回信，我又发了一条：骡子，咱们都是一个战壕里爬出来的，何苦自相残杀呢？没有回信，我继续发：骡子，房小燕虽然背叛了我，但她曾经也是一个不错的女人……我没有想到会把短信一直发下去，到天色暗下来的时候总共发了三十四条。最后一条短信，我也提到了厂门前那棵老槐树上的喜鹊窝。房小燕曾经问我，你知道窝里总共住着几只花喜鹊吗？你知道喜鹊妈妈和喜鹊爸爸生了几个孩子吗？我承认我动感情了。或者，我把自己感动了。

大约是晚上十一点半，我收到了罗振东回复的短信。对，就是"这个号"。罗振东问我，钉子你是不是又喝多了？抽刀断水水更流，借酒浇愁愁更愁。我望着这条短信，像不认识那几行字。然后罗振东又发来一条：钉子我是替你报仇呢，你放心，我一定要把房小燕搞得身败名裂，臭名昭著。他把"昭"写成了"照"，照妖镜的照，阳光普照的照。我没有再搭理他。

接下来两天，我一直待在家里。我关掉了手机，谁有本事让他们打进来。中秋节晚上我吃掉了晶晶送我的那盒月饼。打开包装的时候我突发奇想，会不会盒子里装的是一沓子一沓子的人民币呢？我快被撑死了。我还喝了一点酒。我不敢多喝，这个世界上没有谁心疼我。

八月十六下午，我忍不住开了机。我扇了自己一巴掌，简直是犯贱。我以为会像上次一样收到好多条短信，却只有两条，一条提醒我及时交话费，另一条提醒我警惕骗子。这个世界上确实有好多骗子。

八月十七，我犹豫着要不要出摊。感觉像是刚从监狱里放出来，或者大病了一场，或者办了什么见不得人的事情似的。到十一点，我接到了罗振东的电话，还是用"这个号"打的。罗振东说，钉子，中午咱们一起聚一聚。我不吭声，他又说，你不是还有事求我吗，酒桌子上好说话。我想发脾气，他的声音在嘲笑我。等他挂断电话后我才想起来骂娘。

我还是决定去赴宴。我打车过去。路过我修车的摊位时，我看到停着一辆三轮车，果然有人把我的摊位占了。老邓正和那个瘦高个子的老头聊天，我怀疑他们里应外合。我早晚会找他们算账。

罗振东是在城北一个小区里请客，恐怕就是传说中的私人会所。我花了二十五块钱打车费，进了小区后绕了两个弯，捡起来一块砖头。我给罗振东打电话，我说你他娘到底在哪儿，让我去哪儿找你？罗振东居然没有生气，他说，进了大门左拐，再右拐，走到地下停车场跟前后再右拐……我把手机挂断了。快走到那个地下停车场跟前，一个黄头发的小伙子冲我招手，问我，请问您是丁先生吗？我没有吭声。我把砖头扔到了花池里。小伙子又问，请问您是罗先生的朋友丁先生吗？我说，我姓丁，别叫我先生。

小伙子带着我又绕了两个弯，这才进了一幢高层住宅的楼宇门，他又乘电梯把我送到了九楼。他把屋门打开，我进去以后他从外边轻轻把门合上。客厅里富丽堂皇，连个人影也没有。我盯着一只一人高的胆瓶愣了愣神，罗振东从一间屋里出来了。罗振东嬉皮笑脸地说，钉子，你好像不高兴呀，这可不像是求人办事的样子。我把十个手指都圈回来，它们在颤。钉子，里边坐，罗振东又说，还有一位你朝思暮想的客人呢，马上就到。他还没有说完，屋门又开了。是的，我看到了房小燕。房小燕留着短发，身材匀称，还是穿着前天穿的那身白西服。她看到我后脸红了一下，或者只是我的感觉。然后她笑了笑，我耷拉下脑袋。她冲我伸出了手。她说，你好。我迟疑了一会儿才把胳膊抬起来，握了握她的手。她的手指凉津津的，泥鳅一样滑出去。我说不来在她面前为什么会胆怯。

罗振东放声笑出来，厨房那边一个系着白围裙、戴着白帽子的老头探了探头。罗振东说，真是一日夫妻百日恩，小燕我和你说，钉子可是一直关心着你呢。房小燕笑了笑，像在电视上一样笑得很有分寸。罗振东又说，钉子，千万别听那帮王八蛋胡说八道，我哪会告小燕的状，我和小燕市长关系好着呢，小燕市长你说是不是？房小燕又笑，还是像刚才那样笑。罗振东突然间张开了双臂，说小燕市长，我们抱一个让钉子看看，这样钉子就放心了。他果然抱住了房小燕，缺了两截手指的那只手在她背上拍了拍。他拍了三下。房小燕又笑了笑，她瞥了我一眼。罗振东收回胳膊，冲我说，钉子，来，你也和小燕市长抱一个呀，以前你抱的是老婆，现在抱的可是市长。他冲我勾了勾手指。他勾三根手指。不，他的大拇指根本就没有动。我听到自己的鼻孔呼哧一声，两步便跨到了门前。我撞到了房小燕的肩，冲出去以后把屋门重重地摔上。

六

我不清楚罗振东和房小燕是否会继续两个人的午宴。我跑出来，手机一直响，直到累得气喘吁吁才掏出来瞅了一眼。是孙大姐给我打来的。手机又响，我愤怒地接通了。孙大姐说，小丁啊……我说别喊我小丁。孙大姐说，小丁啊，都怪我多事，其实小燕并没有让我求你，我只是想帮帮她，我也是一番好意……

　　我把手机砸到了路牙子上。那天中午我喝多了。我喝了一瓶二锅头，拎着酒瓶子来到了市政府门口。我的脑海中浮现出当年罗振东拎着酒瓶子的情景。他要替我去找那个姓杜的家伙报仇。那个姓杜的家伙给我戴了一顶绿帽子。我来到市政府门口时已到上班时间。我被两个保安拦住了。我愤怒地叫喊，你们谁都别拦我，我要告状，我要进去告状。一个看热闹的老头问，你要告谁的状呀？我说，我要告副市长房小燕的状，她贪污，腐败，她生活作风有问题，她给我戴了一顶绿帽子。

　　保安推搡着我，后来的事情我不想讲了。

与父亲告别，及易爆的现代人
——关于杨凤喜的短篇小说

李蔚超

一、又见浮士德景观

当你翻开一位名叫杨凤喜的山西男人写的小说时，你大概以为你会嗅到满纸泥土的香，会读到"二诸葛""三仙姑"那样"土坷垃"人物和乡土故事，你以为山西方言土话和风俗画会跳到你的眼前，挑起你猎奇的兴味或近似的乡愁，很可惜，尽管时常把自己打扮得如同山药蛋本"药"，事实上，杨凤喜的小说并不像赵树理、西戎、马峰这些山西文学引以为傲的"山药蛋"大师们，那些山西人笔下的人物，大多机智圆滑，朴实素朴里透着灵光，那是千百年来中国人于乡土社会中孕育出的特有的智慧，祖祖辈辈经验中凝练出的人生信条和哲理,面对生活中的苦,他们是从容不迫的,倒是浙江人余华有所领悟,于是有了中国版存在主义的典型——活着就是英雄的福贵,《活着》结尾处,与老耕牛相伴而生的福贵,已臻古代老庄哲学的境界了。与此不同的是,杨凤喜在当代生活中看到了山西人或者说广大中国人另外的一面——极端情绪化,爱计较,总纠结,时刻处于一种"易燃易爆"或"压抑爆炸"的精神状态之下。

杨凤喜有一篇小说就叫作《水果炸弹》,几年前,我曾为这篇小说写过一段文字。小说讲的是一个大龄男孩向心爱的姑娘求爱的故事,据说今天的世界上,"剩男剩女"已然是司空见惯的社会现象,结婚成本之高使得婚姻甚至爱情都需要耗费不菲的经济成本,不得不谨慎世故起来的城市年轻人,一不小心就蹉跎"剩"了。杨凤喜塑造的男主人公是一个"有点呆"的青年,此"呆"并非"呆萌"的"呆","呆"意味着善良、淳朴、笨拙、坦率,相信爱情并勇于付出。女主人公温小素个性鲜明有趣,她活泼,泼辣,独自在城市里打拼,面对追求者,她进退有度、游刃有余,这样的"野蛮女友"我们并不陌生,她们的身影遍布在中国每个城市的各个角落,她们靠着自己努力生存与奋斗。温小素的职业值得我们留心，她是一位公交车女司机，高强度的体力劳动使她的精神与身体一样疲惫不堪，于是，小说里的她喜怒无常难以捉摸，她的情绪变幻莫测，她简直就是"水果炸弹"的人格化身，美好、甜蜜又孕育着分裂的危险，小说用"水果炸弹"的疲惫与焦虑显影着今天社会都市人共同遭受的精神症候。即便是爱情，也无法感化和治愈现代都市的冷漠、焦虑种种精神病症，温小素毫无悬念地离开了"呆"气十足的郑大魁，霸道又不无辛酸地宣布："像我们这种人也许就不该有什么情调和浪漫。"于是，小说的结尾，作者让有点"呆"的郑大魁"爆炸"了一回——他把苹果当作炸弹扔向了公共汽车。这个富有张力和戏剧性的结尾当然符合短篇小说的艺术需求，还记得几年前读到此处，我曾经产生了十分幼稚的惋惜之情，我曾想，难道每一个现代都市人最终都会陷入焦虑和狂躁？每一个无法得偿所愿的挫败都要用爆发来泄恨吗？于是，我"天真"地批评了小说结尾的草率，然而，如今我不得不再次认真面对这样的问题，那些现代生活中的巨大变化，以及经历巨变的中国人越来越陷入焦虑、空虚和不安的情绪中，并在不自知的情况下不断酝酿着化学反应，我们该如何于精神的彷徨无依感中自处呢？与其说杨凤喜每每观察到了形形色色现代人生活中光滑表面迸裂的一瞬间，不如说他意识到静水深流正酝酿着终将爆发的火山岩浆，如果不爆发，人要怎样处理自己那些无法言说的、无的放矢的情绪呢？是继续回到生活的逻辑和节奏中，继续酝酿下一轮的爆发？还是任生活将自己带到未知的远方？在这个意义上，杨凤喜通过小说在向生活发问，而他是没有答案的。

费孝通先生蜚声海内的人类学小册子《乡土中国》里对乡土社会和现代社会进行了一番二元比对——事实上，这也是一种东方、西方（传统与现代）的比较，其中谈到了我开篇所说的山药蛋派的"土"和"洋"的差异问题，费孝通说，中国人所说的乡下人的"土气"是乡土中国几千年沉淀下来的精神定向，是"亚普罗式"的，也就是说，宇宙天命自有伦常，人只需去服从它，安于其位，乡土社会中的人身与心便会得以安放。而现代社会则是"浮士德式"的，现代人把冲突视为存在的基础，生命是阻碍的克服，没有了阻碍，生命也就失去了意义，因此，无尽的创造和不断的变才是现代社会的精神特质。无论是乡土社会还是都市城镇，我们似乎无法摆脱变动不居的现代社会发展模式，浮士德式的疯狂是普遍的精神定向。

在杨凤喜的小说里，就连乡土社会的人物也染上了现代都市病，变得不可思议地疯狂起来，《屋顶的掌纹》里，奶奶疯狂地捶着自家与邻家的一堵墙，好像孟姜女哭长城。随着邻居家红砖院墙越垒越高，奶奶的疯狂也在升级，"像得了精神病。奶奶拖着一条腿在院子里走来走去。奶奶不小心摔碎了两只碗。奶奶做饭的时候，把碱面当成盐撒到了锅里，幸亏被晚生发现了。奶奶还举着扫把追赶一只鸡，并且以这只鸡为借口，在那些彪形大汉拆掉隔墙的那天和他们吵了一架。等到一堵结结实实的红砖墙垒起来，挡在两个院子中间，奶奶就变得沉默了，就像爷爷待在家里时候一样沉默。有一次，晚生还看到了奶奶哭。"你可以说，杨凤喜受到了八十年代寻根派小说和九十年代在中国广受推重的拉美魔幻现实主义的影响，或者是直承莫言、阎连科、贾平凹，正因为有了这些作家的精妙佳作，我们可以说，中国当代文学取得的最大成就在于绘制了一幅幅乡土社会的浮士德式的景观。杨凤喜的小说在这个脉络上，天然占据了合法性。所以，他的每一篇小说都有着让读者熟悉的、有保障的艺术水准。

"我努力喊出来，却什么也没有听到。"杨凤喜在小说中写道。许多年来，在琐碎、平庸却毫无定数的生活流中，杨凤喜让他的人物一次次在压抑、沉默、懵懂中抗议、呐喊、爆炸。此时，不识趣的我仿佛站在了每一篇杨凤喜小说的结尾处，忍不住问一句，然后呢？

当然，"然后呢"，这是每一个作家都无法轻易直接回答的问题。一直被视为"新文学"开山巨匠的鲁迅，他的第一部小说集《呐喊》发表于五四运动前后的几年内，并有多篇发表在新文化运动的重要阵地《新青年》杂志上。虽然名为《呐喊》，但是整本小说集里，鲁迅的声音是低沉而落寞的，鲁迅是幻灭与怀疑的，他保持了章太炎解读的虚无主义对他影响的痕迹，在那个开启中国现代历史的"原点"，鲁迅并没有积极投身于探索新的可能性的洪流里，他甚至没有急于为新的现实革新欢呼或欣喜，与此相反，他转过身去清理历史的残骸，凝视辛亥革命后中国社会的张皇失措与麻木不仁，他并非没有授予人们——特别是青年人希望，只有极为耐心的阅读者才能体会鲁迅在怀疑和虚无中寻找希望的努力，体察鲁迅在自己塑造的最狠厉、最冷漠的小说情境中为"苦人"所施以的同情，于是，《祝福》里，尽管小说的情境将祥林嫂逼至了绝境，她哪里有交到好运的希望？她是连诉一句苦都不可以的。她无法反抗自己的婆家、主家和鲁镇几千年积累的社会价值与秩序，然而，祥林嫂仍然拼尽全力在生命的最后关头将一句抵达人心深处的质询留在人间，留给小说的叙述者，一个可以将鲁镇的消息带到外面世界的人，于是，原本稳固的世界有了一条"苦人"以生命代价划下的裂隙，阿Q、孔乙己、闰土等等，他们全部是一条条使人战栗的刻痕，一百年来细心的阅读者从鲁迅划开的裂痕里看到了旧世界的莫大的荒唐。

回到杨凤喜那里。《水果炸弹》中，"呆子"郑大魁曾经原谅了拒绝他的温小素。在被温小素戏要了一番的郑大魁一度迁怒地恨上了身边的每个人，但是"日子一天天过去，我渐渐也就没有了恨。""有点呆"的郑大魁回归了平静的日常生活，他有失恋的痛，也有生活的快乐。这更接近生活和人心的本真。正如杨凤喜塑造的那些生气淋漓的真实可爱的普通人——爱当媒人的老太太王阿姨，唠唠叨叨爱贪点小便宜却也有一副好心肠，邻居两口子吵吵闹闹却有着平民夫妻的亲昵，每个人物都带着无穷无尽的生趣和崇高而朴素的温情，这种介乎快乐与悲伤的感情，让我想到了狄更斯笔下一系列令人难忘的小人物，这是一直以来杨凤喜的写作中弥足珍贵的部分。很遗憾，我无论如何不能说，这就是"然后"的答案。

二、父亲及"个人史前史"

杨凤喜告诉我，在这本小说集里，他最喜欢的三篇小说是《玄关》《我和玛丽合影》《看社火》，我说，很巧啊，我刚刚在这三篇里发现了一个相同的人物——一位叫作"父亲"的形象。这一人物，时而偏执得近乎疯狂，拉着儿子在晋祠公园里拦住每一个外国游客，卑微而执拗地想要实现儿子的愿望，非要和一个叫 Mary 的金发女孩拍照。他时而呼哧呼哧地咳着、喘着，枯瘦的背影亮在儿子的眼里，一副肋骨蠕动的嶙峋相。他时而躺在血泊中，半个身体探到一辆越野车的底下，看起来像是正在作业的修理工，他以自己的肉身与性命换作儿子即将成立的三口之家的栖身斗室……

父亲的成立，须有儿子的存在，因此，小说中关于父亲的所有一切，均出自儿子的眼中，"儿子"看见，"父亲扯去了去年的春联，扯得不干净，他用湿布洇过门板，再用小刀把纸屑一点一点刮下来。太用力的话会刮去门漆，他总是很谨慎，每年都会刮得干干净净的，好像担心过去的日月留下什么后遗症"；儿子在心里默语，这栋房子就是我的父亲；儿子摸到了父亲近乎绝望的泪，听到他痴狂地呓语，我们再不能相信外国人了，狗屁玛丽……这样的细节如何不感人？故事、叙事乃至时间在这里停滞，情感在这样的细节里荡漾。"父亲"形象是杨凤喜的制胜法宝，是小说的"泪点担当""情感砝码"，更是小说走向普遍性的重要因素，凡人皆有父亲，凡人终须面对父亲之老去，正如人大多需要处理父亲的权威及其在儿女辈成长中留下的压抑、阴霾与擦痕，以及这种权威与爱之间的关系——父权与父爱的悖论关系，因此，可以说，这三篇小说总有一笔令你心头恻然，有戚戚焉。

　　杨凤喜笔下的"父亲"形象，他未必是小说设定的主角，譬如《看社火》，主角不是"我"也该是与"我"颇有情感张力的梁艳，但是，父亲存在于小说的字里行间，他在故事的夹缝中倏然闪现，更多的时候，小说呈现的是过去式的"父亲"，他活在记忆和小说的追忆叙述里，于是他化身为乡土世界的历史，更是个人史的前史。因此，小说中的"父亲"绝非是伦理意义上的生身血脉这等简单的意义，如何考量和理解"父亲"，如何书写他，相当于面对我们的个人史前史一样重大的命题。杨凤喜塑造的父亲堪称典型的中国式父亲，他们沉默寡言，克勤克俭，于无声中承担家庭经济的负累和表达对儿女的舐犊情深，他是苦难、坚忍的农业文明生活方式的人格化象征。而小说中，没有一个儿子不是满怀歉疚背离父亲而去的，再没有子承父业的传统"佳话"，对于父亲代表的农业生产及生活方式，尽管心怀怜惜，但没有一个儿子不表示拒绝与厌恶。称得上是杨凤喜代表作的小说《玄关》蕴含了一个精妙的隐喻，父亲之于儿子，绝非一笔心安理得的"遗产"，而是沉甸甸的、几乎无法直面的"债务"，这几乎是中国社会处理农业文明历史的普遍态度，我们如此急于告别乡土拥抱现代——尽管饱含亏欠、不甘与不舍种种复杂的情绪。

杨凤喜理解生活的方式大概有不忘前事、探索历史的执着，《不可名状的清白》写一位公务员的人生，杨凤喜选择余士达在调研员的岗位上退下来之后的时间开始小说，让他在职业生涯结束后，重温自己的人生道路并经历转折。看他关于婚外情的故事《丹妮的背影》，小说的时间就设在了女主人公闻燕来的老年，一个偶然的契机使闻燕来得知当年的情人的妻子宋丹妮去世的消息，她回想起过往几次想看看宋丹妮的样子，但是却因为自卑和心虚没有敢走到丹妮的面前，她看到的始终是丹妮美丽的背影。作为男性作家，杨凤喜尽可能采取客观的叙述语气，带同情与体恤描绘人物内心细微变化，展示出一位因情欲驱动而短暂出轨的女性纠结的心境，她对情人的妻子产生了愧疚与好奇，好奇又演变为嫉妒和自卑并成为终生无法摆脱的梦魇。如果说被刻意忽略遗忘的妻子《阁楼上的疯女人》代表着女性被男权社会压抑、遮蔽，处于孤立、缄默的他者地位，《丹妮的背影》则与之相反，它召唤着女性对男权社会伦理的认同，"他"属于她和家庭，属于另一个与自己一样拥有"妻子"伦理身份的女人，"他"不属于我。丹妮黑发披肩的背影映照出女主人公内心矛盾纠结的真实渴望——那些绮丽的春梦与残忍的自欺，逃离琐碎生活的欲望与对家庭伦理秩序的认可。

三、生活世界之"大"与短篇小说之"小"

到目前为止，杨凤喜展示出来的文学才华聚集在短篇小说这一文体上。伴随他的成就而生长的，大概是他创作中形成的困惑，他一定领会到短篇小说的特性，它并不因其篇幅短小而放低了它的艺术难度。

也许是太有自知之明，王安忆自知长篇小说与中篇小说是自己的长项，于是，她认真写过几篇谈短篇小说的文章，检点自己写不好短篇的缘由，她将短篇小说的物理原理归纳为"优雅"，她说，爱因斯坦的认为理论的"优雅"是"尽可能地简单，但却不能再行简化"，这解释同样可用于虚构的方式。就这个问题，在另外一篇《我看短篇小说》里，王安忆说得更清晰一些："短篇小说还不是由它的篇幅短而决定的。它天生就具有一种特殊的结构，它并不是那句成语'麻雀虽小，五脏俱全'的意思，也就是说，它不是中长篇小说的缩小的袖珍版，它是一个特别的世界。这个世界自有它的定理，这些定理不是从别人的世界里套过来的。这世界小虽小，却是结结实实的一个。当然体积终是个限制，我们也不能无视它的生存条件。它却是不是宏伟的大东西，可它却也绝不该是轻浮和依附的。"

短篇小说不一定要素俱全，但是它要发明一个新的世界，给读者凭空想象生活世界的可能，特别想象生活世界某种凝练的、独特的、普遍性的存在，它理应将生活的单向度丰富起来。恰如前文所谈到的，几乎将所有的文学实践都用在了短篇小说的创作上，杨凤喜寻找了一个小说叙事的时间站位，他站在可以检点个人史前史的时间节点上，以历史反观、对照人物的现实，如此便让他的小说具有了长时段的纵深感，也让他具备了故事、细节和想象在其中摇摆的空间，所以，不能说杨凤喜的短篇小说是生活的片段与剪影，它们在时间的尺度里丰厚了许多，当然，作为一个始终在现实生活中寻找灵感与素材的小说家，杨凤喜还可以让短篇小说走向生活世界的深处。

杨凤喜作品发表目录

（截至 2018 年）

《晨练》·短篇　　　　　　　　　　　　《山西文学》1994 年第 9 期

《晚景》·短篇　　　　　　　　　　　　《山西文学》1999 年第 1 期

《美目盼兮》·短篇　　　　　　　　　　《山西文学》2003 年第 8 期

《1983 年的杏树和羊》·短篇　　　　　　收入陈思和主编《新锐十八》

2003 年获《上海文学》首届文学新人大赛短篇小说新人奖

《阳光落满黑夜的脸》·短篇　　　　　　《黄河》2004 年第 5 期

《肚皮上的舞蹈》·短篇　　　　　　　　《黄河》2004 年第 5 期

《家长会》·短篇　　　　　　　　　　　《鸭绿江》2004 年第 12 期

　　　　　　　　　　　　　　　　　　　《小说选刊》2005 年第 2 期转载

《亮光》·短篇　　　　　　　　　　　　《青年文学》2004 年第 12 期

　　　　　　　　　　　　　　　　　　　《新华文摘》2005 年第 4 期转载

《美丽婚纱》·短篇　　　　　　　　　　《鸭绿江》2005 年第 8 期

《给父亲搓背》·中篇　　　　　　　　　《佛山文艺》2011年第1期

《你们叫我梁有才好不好》·短篇　　　　《鸭绿江》2011年第1期

《老庞的老婆》·短篇　　　　　　　　　《福建文学》2011年第2期

《你的乳汁，我的孩子》·短篇　　　　　《作品》2011年第3期

《陌生人的葬礼》·短篇　　　　　　　　《佛山文艺》2012年第3期

《棉花巷》·短篇　　　　　　　　　　　《山东文学》2012年第4期

《在阳光里奔跑》·短篇　　　　　　　　《山西文学》2012年第11期

《猫现象》·中篇　　　　　　　　　　　《文学界》2012年第8期

《朋友》·中篇　　　　　　　　　　　　《山东文学》2012年9期

　　　　　　　　　　　　　　　　《中篇小说选刊》2012年第6期转载

《乌鸡》·短篇　　　　　　　　　　　　《山花》2012年第12期

2012年12月获首届郭澄清农村题材短篇小说大赛提名奖

《固若金汤》·短篇　　　　　　　　　　《文学界》2013年第4期

《锁春阳》·中篇　　　　　　　　　　　《芳草小说月刊》2013年第7期

《三简》·短篇　　　　　　　　　　　　《山花》2013年第8期

《晚景》·短篇　　　　　　　　　　　　《青年文学》2013年第9期

《裂缝》·短篇　　　　　　　　　　　　《山东文学》2013年第11期

《裂缝》·短篇

《银谷恋》·长篇　山西出版传媒集团·三晋出版社，2013年出版

《下夜的男人》·短篇　　　　　　　　　《福建文学》2014年第5期

《我想有个家》·短篇　　　　　　　　　《佛山文艺》2014年第5期

《水果炸弹》·短篇　　　　　　　　　　《山西文学》2014年第7期

《丹妮的背影》·短篇　　　　　　　　　《山西文学》2014年7期

《城市钥匙》·短篇　　　　　　　　　　《芳草小说月刊》2014年第8期

《佛珠的礼遇》·短篇　　　　　　　　　《山东文学》2014年第10期

《白气球》·短篇 　　　　　　　　　　《山西文学》2014 年 10 期
《教育诗》·中篇 　　　　　　　　　《星火中短篇小说》2014 年第 6 期
《愤怒的新娘》·短篇　　山西出版传媒集团·三晋出版社，2014 年出版
《植物人》·短篇 　　　　　　　　　　《佛山文艺》2014 年第 11 期
《老戴的沧桑》·短篇

获 2014 年"安邦杯"小说征文大赛二等奖

《愤怒的新娘》·短篇 　　　　　　　　《湖南文学》2015 年 2 期
《蚯蚓》·短篇 　　　　　　　　　　　《佛山文艺》2015 年第 5 期
《火星》·短篇 　　　　　　　　　　　《山西文学》2015 年 5 期
《少年刀》·中篇 　　　　　　　　　　《黄河》2015 年第 3 期
《波隆那比熊》·中篇 　　　　　　　《星火中短篇小说》2015 年第 3 期
《屋顶的掌纹》·短篇 　　　　　　　　《江南》2015 年第 4 期
《π》·短篇 　　　　　　　　　　　　　《雨花》2015 年第 8 期
《玄关》·短篇 　　　　　　　　　　　《都市》2015 年 8 期
　　　　　　　　　　　　　　　《小说选刊》2015 年第 10 期转载
　　　　　　　　　　　　　　　《新华文摘》2015 年 24 期转载
《纪念》·短篇 　　　　　　　　　　　《山东文学》2015 年第 11 期

获 2013—2015 年赵树理文学奖·短篇小说奖

《我和玛丽的合影》·短篇 　　　　　　《伊犁河》2016 年第 4 期
　　　　　　　　　　　　　　　《小说选刊》2016 年第 5 期转载
《寻寻觅觅》·短篇 　　　　　　　　　《青年作家》2016 年第 5 期
《看社火》·短篇 　　　　　　　　　　《山花》2016 年第 7 期
《地下室》·中篇 　　　　　　　　　　《啄木鸟》2016 年第 7 期
《夜色缠绵》·短篇 　　　　　　　　　《鹿鸣》2016 年第 11 期
《女上司》·短篇 　　　　　　　　　　《长城》2017 年第 2 期

《呼啦圈》·短篇	《星火》2017 年第 2 期
《老年斑》·短篇	《福建文学》2017 年第 7 期
《相遇》·短篇	《山西文学》2017 年第 8 期
《不可名状的清白》·短篇	《山东文学》2017 年第 11 期
《仿真百合》·短篇	《福建文学》2018 年第 3 期
《熊抱》·短篇	《广州文艺》2018 年第 4 期
《门房》·短篇	《都市》2018 年第 11 期
	《小说月报》大字版 2018 年 12 期转载